Kaikkeuden suurin kohellus

Kirjoittanut: A. Lempi

AF208848

Kolmas painos

© A. Lempi, 2025
Kustantaja: BoD · Books on Demand,
Mannerheimintie 12 B, 00100 Helsinki, bod@bod.fi
Kirjapaino: Libri Plureos GmbH, Friedensallee 273,
22763 Hampuri, Saksa
ISBN: 978-952-80-9471-5

Aluksi

Tämä on jo kolmas ja toivottavasti viimeinen painos ensimmäisestä koskaan kirjoittamastani romaanista. Ensimmäiset kaksi versiota olen kirjoittanut psykoosissa sekä lähes kokonaan alkoholin vaikutuksen alaisena. Nyt kirjoitan enää vain psykoosissa, joka onnekseni laantuu koko ajan. Elämäntavoilla tosiaan on merkitystä.

Kyseessä ei ole mikään vakavin teos. Huumori on kirjoittajan mielenliikkeiden tavoin vinksahtanutta, kuivaa sekä osittain piilossa. Terapiakirjoittaminen on mitä on, sitä tehdessä kirjoittaja on jatkuvan projisoimisen uhri. Itseni ja traumani olen kirjoittanut luomaani tekstiin moneen kertaan.

Tämän kirjan kirjoittaminen monine vaiheineen on ollut mielenkiintoinen matka, jonka aikana olen joutunut kohtaamaan puutteitani niin kirjoittajana kuin muutenkin ihmisenä.

Tahdon antaa sinulle lukija niin sanotusti "muuta ajateltavaa" ja vapauttaa sinut edes hetkeksi arjen kahleista.

18.2.2025, jossain päin lumista Suomea koheltaen,

A. Lempi

Osa yksi, alkoholismi

1.

Oli vuosi 2023, elettiin lämmintä kesäkuista viikonloppua. Kaupungin yössä liikkui paljon iloisia, enemmän ja vähemmän horjuvia ihmisiä. Kesän vehreys ja taika olivat täällä taas, vaikka vain pienen hetken. Hetken, johon halusi tarttua, jos vain uskalsi. Moni oli jo tarttunutkin hetkeen ja toiseen ihmiseen. Pohjola oli täynnä iloa, rakkautta sekä intohimoa.

Kello oli yksitoista yöllä, Juha ja Antti istuivat Antin sotkuisessa asunnossa. Antin koti ei ollut mikään tunkio, häntä vaan ei ollut pariin viikkoon huvittanut siivota. Hän asui kauniissa, sympaattisessa pienkerrostalossa, joka oli maalattu vaaleansiniseksi.

Humalainen Juha jatkoi jo hetki sitten alkanutta sekavaa, humalaista avautumistaan: "Kolmekymmentä vuotta. Nyt pitäisi olla mun mielestä ihmisenä jotenkin valmiimpi ja olla vastuullinen. Ja mitä lie sontaa. Tai ei olisi sontaa, jos itsekin olisi hieman ylempänä yhteiskunnan hierarkiassa. Mä olisin oikeasti halunnut olla jotain parempaa. Kun on alkoholirintamallakin ollut melko kosteaa, niin elämä tulee kalliiksi. Mä olisin..."
"Joopa joo!" huudahti Antti, joka sanoi valittavalle ystävälleen, että tämä mutisee turhia. "Meistä ei tule mitään maailmaa yhdessä vihaavaa dynaamista duoa. Mä en ala sun kanssa vihaamaan tätä kaikkea. Eikä sulla niin huonosti mene. Mulla se vasta paskasti

menee, senkin taukki. Katkeruus ja viha ovat kuules sairauksia, ja mä olen pikkuhiljaa niistä molemmista paranemassa. Mä uskon kaiken muun hullun jutun ohella myös valaistumiseen ja mä olen nähnyt jotain suurta, nimittäin Jumalan ja osan kaikkeuden dynamiikkaa. Parane säkin tosta sun negatiivisuudesta. Sun täytyy uskoa, että sussa on paljon vihaa ja siitä sun täytyy päästä eroon. Jokin takakireä juttu sussa on ja se tuhoaa sut, jos sä et herää."

Antti katsoi Juhaa verestävin silmin ja lisäsi, että kaikki pahuus on vihaa ja katkeruutta. Aina ei tarvinnut edes ymmärtää vihan syytä, vaan vain lopettaa juuri vihaaminen, jos halusi kärsiä edes hieman vähemmän tässä joskus niin pelottavassa maailmassa.
"Pyydä anteeksi", Antti sanoi vakavana.
"Jaa, minkä takia?" Juha kysyi hämmästyneenä.
"Mulla menee huonommin kuin sulla, ja sä iniset mulle, että elämäsi on pilalla ja oot liian vanha ja elämän kolhima ja niin edelleen. Mä olen neljäkymmentäviisi vuotta vanha eli vanha."
"Jaa, anteeksi", Juha sanoi hieman hämmentyneenä.

Juhan mieltä nakersi kaikkein eniten kateus niitä kohtaan, jotka olivat menestyneet elämässään. Joidenkin hänen syntymäpaikkakuntansa ikätoverien statukset saivat hänet toisinaan ahdistuneeksi. Heistä monen kohdalla urakehitys oli sosiaalisen median mukaan nousujohteinen tai muuten vaan tavallista korkeatasoisempi, eikä Juhalla ollut kuin työ suuren elektroniikkaketjun asiakaspalvelussa. Hän aidosti arvosti työpaikkaansa ja toisinaan myös itseään, vaikka oli vielä parikymppisenä kuvitellut saavansa elämältä enemmän. Juha ei kyennyt päästämään irti siitä tappavasta tunteesta, jonka koki itselleen luonnollisimmaksi. Juha suri sitä, että oli omasta mielestään epäonnistunut elämässään. Hän ei kyennyt muuttamaan henkistä tilaansa noin vain tyytyväisempään tai iloisempaan suuntaan, eikä hän tosiasiassa sitä halunnutkaan. Silloin saattaisi kadota Juhaa määrittävä osa, johon hän oli ripustautunut ja jolle hänen minuutensa suurelta osin perustui. Hän pelkäsi sitä pientä kuolemaa, jota negatiivisuudesta luopuminen voisi saada aikaan. Olisiko Juha vielä Juha, jos vapautuisi?

Antti katsoi nojatuolissa istuvaa Juhaa hymyillen. "Sulla on asiat tosi hyvin, joku tuolla Jumalten laaksossa pitää susta. Älä anna sun tilanteen masentaa, sulla on yli puoleen maailmaan verrattuna asiat ihan helvetin hyvin. Mullakin on, mä ajelen trukkia ja juopottelen. Se on kivaa, mutta kyllä mäkin tässä, muidenkin ikäisteni ukkojen tavoin, alan hieman rauhoittumaan. Mä olen ajatellut, että jossain vaiheessa mä vähennän juomista ja tota pilven polttamista, mutta en vielä. Enkä mä kokonaan lopeta, kuin vasta lääkärin määräyksestä."

Juha katsoi seinällä nakuttavaa kelloa ja totesi teennäisen lupsakkaan tyyliin: "No, joo sori. Mä taisin heittäytyä vähän surkeaksi, ei ollut tarkoitus loukata. Mä taidan painella tästä kotiin. Kiitos sulle tosta tiukasta, mä tarjoan sulle vaikka Monkeyssa lasillisen joku päivä, kun..."

"Joo, joo", sanoi Antti ja jatkoi "sä otat vielä yhden tujakan. Mun mieliksi, herra humalaisen mieliksi."

Antti käveli keittiöön ja nappasi käteensä rommipullon, joka piti sisällään juomaa, jota Juha oli Antin karisman vaikutuksen alaisena joskus aiemmin oksentanutkin.

"Tässä lasillinen ystävyydelle ja kotimatkalle lämmikettä", Antti sanoi isälliseen tyyliinsä.

Kaverukset istuivat yhdessä vielä jonkin aikaa musiikkia kuunnellen ja rommia juoden. Jonkin ajan kuluttua Juha sanoi: "Nyt sinne kotiin".

Juha saapui asuntoonsa, pieneen kerrostalokaksioon, joka sijaitsi kaupungin keskustasta pari kilometriä länteen. Juhan koti oli melko ahdas, sen olohuonetta koristi haastavampaankin hermoon osuva levyhylly, stereot sekä suuri televisio. Antin kotoa käveli Juhan asunnolle vain noin kolme minuuttia, jonka aikana Juha oli polttanut kaksi tupakkaa. Hän päätyi kotiin päästyään heti jääkaapille, josta nappasi käteensä kaksi olutta. Jo tölkin rasahdus sai Juhan humaltumaan lisää. Hän kaatoi oluen kerralla janoiseen kurkkuunsa ja käveli olohuoneeseen avaamaton tölkki kädessään. Hänen teki mieli katsoa televisiota, mutta joutui toteamaan, että sieltä ei tullut mitään katsomisen arvoista.

2.

Juha heräsi surrealistisen, lonkeroita ja ulkoavaruuden olentoja sisältävän painajaisen terrorisoimana säpsähtäen sohvalta ja huomasi pitävänsä avaamatonta oluttölkkiä sylissään, painaen sitä rintaansa vasten. Näin läheltä krapularyyppyä hän ei ollut koskaan herännyt. Juha nousi istumaan. Hän avasi tölkin ja otti siitä ison huikan ja toisenkin, joka tyhjensi tölkin puolilleen. Televisiossa nuori nainen yllytti ihmisiä soittamaan ruudun alalaidassa vilkkuvaan numeroon. Hetken kuluttua krapulaisen unen aikaansaama kauhu ja epätoivo olivat poissa, kun alkoholi teki temppunsa. Juhan keho rentoutui ja hänen mielensä rauhoittui.

Juha oli kuluttanut päivän makaamalla sängyssä musiikkia kuunnellen, tupakoiden ja olutta juoden. Puhelin soi.
"Sinihän se siellä, mitä likka?"
"Voinko tulla käymään?" Sini kysyi.
"Tottakai, tuotko kaljaa?" Juha uskalsi kysyä, vaikka tiesi Sinin olevan hänen juomistaan vastaan.
"Sullahan on kauppa siinä ihan vieressä… Ääh, kai mä tuon."
Sini katkaisi puhelun.

Juhaa huvitti Sinin päihteitä kohtaan tuntema inho, jonka Juha kuitenkin täysin ymmärsi. Sini oli entinen narkomaani, jolle oli kelvannut varsinkin vahvimmat opiaatit ja amfetamiini. Hän oli kokeillut lähes kaikkea, mitä ihminen vain saattoi päihtyäkseen käyttää, mutta oli päässyt aineista eroon pitkän vieroitushoidon kautta ja löytänyt ammatin, jonka seurauksena hän oli saanut uuden suunnan elämälleen. Hän oli lukenut itsensä hortonomiksi ja oli töissä ympärivuotisella tomaattikasvattamolla. Juha oli kerran humalassa naureskellut, että huumekasveja se tyttö siellä tomaattitarhalla salaa kasvatteli, mutta tajusi jättää moisen vitsin Sinille murjaisematta.

Puhelin soi, Juha suuntasi parvekkeelle. Hän tiputti vieraalleen avaimen. Sini saapui hämärään asuntoon ja käveli olohuoneeseen, laittaen viisi olutta sisältävän kauppakassin sohvapöydälle ja istui sohvalle Juhan viereen.
"Siinä sulle maailman viheliäisintä ja paskinta huumetta."
"Joo, kiitti paljon", Juha sanoi. "Paljon mä olen sulle velkaa?"
"Kympin", Sini sanoi tylysti.
"Oukei, mikäs sut tänne tuo?"
"Sinä. Mä halusin viettää aikaa mun oman pikku juoppokullan kanssa", Sini sanoi ja virnisti Juhalle.
"No tule kainaloon sitten", Juha sanoi, hänkin virnuillen.
"Emmä nyt jaksa, voinko keittää kahvit?" kysyi Sini hieman ärsyyntyneenä.
"Joo tottakai. Laita mullekin."

Juhan teki mieli kiusoitella Siniä, että eihän tämä kuivilla ollutkaan, kun tupakka ja kahvikin maistui, mutta ei halunnut loukata häntä ja piti suunsa kiinni. Sini napsautti kahvinkeittimen päälle ja oli kohta Juhan levyhyllyn ääressä, jossa oli esillä hänen muutama sata levyään. Juha muisti, että jääkaapissa oli puolikas pitsa. Hän kävi jääkaapilla, otti pitsalaatikon käteensä ja käveli Sinin luokse levyhyllylle.

"Maistuuko?" Juha ojensi laatikkoa Siniä kohti.

"Joo, kiitti", Sini sanoi ja nappasi neljäsosapalan. Sini vaikutti hieman leppyvän Juhalle, joka istui sohvalle syömään omaa pitsapalaansa.

"Hei, kokeile syödä sitä mustan kahvin kanssa. Mikään ei vedä vertoja kyseiselle yhdistelmälle. Kylmä pitsa soveltuu moneen herkutteluhetkeen", Juha sanoi.

"Joo, okei. Kuunteletko sä, Juha, klassista musiikkia? Voi sua nörttiä."

Juha hymyili, Sinin kanssa oli mukavaa viettää aikaa. Hän oli vielä jatkuvan selväpäisyytensä johdosta loistava järjen ankkuri nykyään usein humalaiselle Juhalle. He luottivat toisiinsa ja heidän ystävyytensä oli muutaman kuukauden aikana syventynyt. Heillä oli ollut pari kertaa seksiä, mutta Sini oli vaatinut, että Juha ei saisi alkaa mustasukkaiseksi tai hulluksi hänen takiaan, siten kuin hänen mielestään miehille oli usein tapana käydä. Sini oli sanonut, että halusi heidän olevan ennen kaikkea ystäviä. Ystäviä, jotka saisivat Sinin luvalla, harrastaa seksiä. Juhalle tämä kävi hyvin. Hän ei ollut takertuvaa sorttia, eikä häntä oikein jaksanut haitata se, että kaunis Sini halusi olla vain ystävä, jonka kanssa sai pitää hauskaa.

Juha ilmoitti, että hänen olisi peseydyttävä ja jätettävä hetkeksi Sini ilman hänen mainiota seuraansa. Juha

13

kävi suihkussa ja vaihtoi ylleen lempivaatteensa. Hänellä oli nyt yllään tummanvihreä T-paita ja vaaleat kangashousut. Pitkät, vaaleat hiuksensa hän jätti auki kuivumaan.

Kun Juha saapui olohuoneeseen, stereoissa soi progressiivisen rockin suurjärkäleen albumi.

"Täällähän kuunnellaan hyvää musiikkia", Juha sanoi.

"Joo, mä en pääse tästä albumista ikinä eroon. Tiesitkö, että tämä on näiden vähiten myyneitä älppäreitä?"

"Normaalit ihmiset eivät meidän tavoin ole surullisia mököttäjiä", Juha totesi.

Sini katsoi Juhaa kulmien alta. "Juha, sä olet surullinen, en minä. Mä olin surullinen tosi pitkään, mutta mä päästin irti kärsimyksestä ja paranin. Melankolia ja suru ovat osa mun historiaa, joten mä verestän joskus niitä juttuja. Ihan oikeasti, mä paranin."

"Miten sä teit sen?" Juha kysyi sarkastisesti, esittäen teeskennellyn uteliasta.

Sini ei välittänyt Juhan kommentin ivallisesta sävystä, vaan selitti: "Se oli mun kohdalla prosessi, jossa mä opin välittämään itsestäni ja ottamaan vastuun omista teoistani. Mitä mä olen oppinut, niin jokaisella on vähän eri jutut, mutta se homman ydin on juuri siinä, että ei vello kaiken maailman surkeissa oloissa ja traumoissa, joita meillä ihmisillä on mun mielestä todella paljon. Me valitaan usein sen oma tuttu helvetti tuntemattoman taivaan sijaan."

"Koetko sä, Sini, olevasi jonkinlaisessa taivaassa?" Juha kysyi.

"Taasko sä vittuilet?"

"En yhtään. Tai no oikeastaan vähän", sanoi Juha hymyillen.

"No, en ainakaan ole niin paljon helvetissä, kuin olin tuossa vielä seitsemän vuotta sitten", Sini sanoi ja hörppäsi jo kylmenneen kahvin lopun olohuoneen pöydältä. "Kiitos muuten pitsasta."

"Ole hyvä."

Sinin teki mieli vielä jatkaa: "Me ihmiset usein pelätään muutosta ja paetaan vastuuta. Tajuatko sä, Juha?"

"Joo, kai", sanoi Juha vaikuttaen teeskennellyn välinpitämättömältä. "Mulla on ainakin ihan hauskaa, kun mä otan kaljaa."

"No, ota sitten", sanoi Sini, jonka teki mieli muistuttaa Juhaa siitä, että huumeet olivat lopulta pelkkä itsetuhon väline, mutta päätti olla hiljaa. Juhalle taisi olla turvallisempaa paeta elämää ja sen aiheuttamia jännityksen aiheita, jotka olivat Sinin mielestä suurin syy Juhan alkoholismille.

"Mulla on ollut kaikki psykoottiset krapulatkin ja ajatukset, että ei enää ikinä ja niin edelleen, mutta mä elän sellaista vaihetta mun elämässä, jossa mä haluan olla välillä ilman huolta ja murhetta. Alkoholi auttaa mua siinä."

Sini ei jaksanut saarnata enempää, vaan vihjasi, että he voisivat katsella suoratoistopalvelusta hänen lempisarjaansa, jota hän oli seurannut jo toiseen tuotantokauteen saakka. Hän totesi Juhalle, että tämän alkoholin pökerryttämälle päälle olisi ihan sama, vaikka hän ei ollutkaan sarjan aikaisempia jaksoja nähnytkään.

Juha ei jaksanut katsoa televisiota, vaan siirtyi parvekkeelle tupakoimaan. Hän istui parvekkeen ainoalle tuolille ja sytytti kyynärpää pöytään nojaten savukkeen. Juha mietti, että ottaisi Sinistä itselleen mielellään vaimon tai vaikka jopa lastensa äidin, mutta ajatteli, että Sinillä olisi kyllä parempiakin ottajia. Sinissä Juhaa hänen näyttävän ulkonäön lisäksi kiinnosti hänen viisautensa ja ymmärryksensä ihmisiä, varsinkin heidän inhimillisiä ongelmiaan kohtaan. Sinillä ei ollut liikaa tapana tuomita jotain, mille ihmisparka ei voinut mitään, vaikka hän päihteitä vihasikin.

Juhalla oli taas nälkä ja hän sai mielestään hyvän idean. Hän veisi Sinin syömään. Hän saisi siten hyvän syyn vaatia Siniä lähtemään seurakseen hämyiseen ja viihtyisään lempipubiinsa Monkeyyn, jossa Sinikin kävi mielellään tapaamassa juopuneita ystäviään. Suunnitelma oli Juhan mielestä mitä mainioin. Hän tarjoaisi Sinille pitsan, ja Sini joutuisi kestämään hänen humalaista olemustaan mielellään myöhäiseen iltaan asti. Hän ikään kuin ottaisi Sinin panttivangikseen siten, että Sini ei pitsan ja virvoitusjuomien tarjoamisen takia kehtaisi jättää Juhaa yksin juopottelemaan.

Sini tuli parvekkeelle, jossa Juha poltti jo toista tupakkaa.
"Sä jätkä vedät itsesi vielä ihan paskaksi, kun poltatkin noin paljon."
"Joo", Juha sanoi omaksi yllätyksekseen hieman ärsyyntyneenä ja jatkoi kiltimmällä sävyllä. "Hei

16

lähdettäisiinkö tonne kaupungille? Kohta... Tai vaikka nyt, mä tarjoan sapuskat."

"No joo, mä en jaksa sun pitsapakkomiellettäsi vähään aikaan, joten mentäisiinkö Torveen?" Sini kysyi.

Kaupungin keskustassa sijaitseva Torvi olisi ollut Juhalle normaalisti liian kallis ravintola, mutta seura oli tällä kertaa niin kaunista, että hänelle kävi hieman kalliimpikin ravintola.

"Tottakai", Juha vastasi. "Milloin mennään?"

"Nyt."

Sini oli Juhan yllätykseksi ostanut auton. Kyseessä oli kymmenisen vuotta vanha farmarimallinen, aikanaan melko kalliskin yksilö, joka oli väriltään vaalean harmaa. Juha ihastui autoon tai lähinnä siihen ajatukseen, että Sinillä oli auto ja totesi Sinille: "Loistohomma tää kärry, onnittelut. Saat sitten useamminkin olla mulle kuskina."

"Sopiihan se", Sini sanoi ja lisäsi: "Millekään pidemmälle road tripille me ei kylläkään olla heti lähdössä."

"Juu, ei tietenkään", Juha sanoi ja jäi miettimään, oliko Sini juuri vihjannut, että pidempikin reissu saattaisi olla joskus mahdollinen. Juha ei tosin jaksanut uskoa kaikkeen spekulaatioon, eikä vatvomiseen. Olihan hän niin monta kertaa joutunut toteamaan pelkän päättelyn olevan turhaa, kun ei voinut olla asiasta tiedon puutteen takia sataprosenttisen varma. Hän ei kuitenkaan viitsinyt kysyä, olisiko hänen kaipaamansa reissu mahdollinen.

"Sietäisitkö sä paria mun kaveria tänään? Kun mulla on sovittuna tavata niitä, niin nehän voisi liittyä seuraan. Vai?" Sini kysyi.

Juhalle sopi. "Joo tottakai, keitä ne on?"
"Pari kaveria töistä, Mirka ja Olavi. Mirkan isä omistaa
sen yrityksen, jossa mäkin työskentelen. Että ei sitten
nakkeja silmille."
"Nakkeja?" ihmetteli Juha.
"Että et vedä mitään hirveitä kännejä. Ei sillä, että sulla
olisi tapana, mutta sä jotenkin vaikutat mun mielestä
tänään vähän kaoottiselta."
"Joo, olen ilman nakkeja", vitsaili Juha.
Sini löi leikillään Juhaa hänen etureiteen. "Jossain ihan
oikeasti sanotaan niin."
"Joo, mä vaan tissuttelen."

Ruokaravintola Torvi oli täynnä, joten Juha ja Sini
päätyivät yhteen Sinin lempiravintoloista, joka oli
lähistöllä sijaitseva patonkipuoti. He ottivat ruoat
mukaansa, ja Juha kävi kaupassa hakemassa itselleen
ruokajuomaksi yhden oluen ja Sinille askin tupakkaa,
jolla korvaisi Sinin hänelle aiemmin ostamat oluet. He
kävelivät kauniisti kukitetulle puistoalueelle ja istuivat
penkille syömään patonkejaan. Kesä oli
kauneimmillaan, Aurinko paistoi cumulus-pilven läpi.
Sini ja Juha rupattelivat niitä näitä, ja Sini oli mielissään
siitä, kuinka luontevalta Juha vaikutti, kylläkin
ainoastaan ollessaan humalassa. Häntä hieman harmitti
Juhan puolesta, koska tiesi, kuinka varauksellinen Juha
oli selvinpäin. Jotenkin Juha hänen mielestään menetti
elämästään osan siihen, että esitti jotain muuta, kuin oli
ja jätti asioita sanomatta. Heidän seuraansa liittyi
ampiainen, joka ei meinannut jättää Juhaa rauhaan.
Lopulta Juha nousi penkiltä ja juoksenteli ympäri

18

puistoa, kuin hullu ja sai siten katalan pikkuisen olennon karistettua kannoiltaan.

Patonkinsa syötyään, Juha ja Sini lähtivät kävelemään kohti Monkey-baaria, jonka tunnelmallisessa ilmapiirissä oli heidän kummankin mielestä mukavaa viettää aikaa.

He saapuivat Monkeyyn ja tilasivat juomat. Kaikki salin pöydät olivat varattuja illan esiintyjän, jazz-muusikko Anton Pihvin, esityksen takia, joten Juha ja Sini päätyivät ulos istumaan. Mirka ja Olavi olivat myös kohta saapumassa Monkeyyn, joten Sini laittoi Mirkalle viestin, että he olivat terassilla. Terassi sijaitsi kaupungin keskustan kävelykadun varrella siten, että se mahdollisti ohi kulkevien ihmisten vilkuilun. Juhasta oli mukavaa katsella kauniita kesästä nauttivia ihmisiä, joista vain harva vaikutti kiireiseltä.

"Mun täytyy kertoa sulle yksi juttu Olavista", Sini sanoi vakavana. Hän jatkoi hiljaisemmalla äänellä: "Se jätkä on mulkku ja se jostain helvetin ihmeellisestä syystä uskoo, että me ollaan tietokonesimulaatiossa. Se on täyttä hulluutta se sen uskomus, mutta ironista kyllä, jotain mikä pitää sen pään kasassa. Se on sen tapa olla jotenkin oikeassa siinä, mikä tämä maailma on. Vaikka siis onkin ihan kahelia uskoa moiseen. Sille ei sitten kannata sanoa asiasta mitään, tai se sekoaa. Eräskin kerta, kun joku päätti vitsailla sille sen sanottua, että maailmankaikkeus ja kaikki mitä on, on tietokoneessa ja siltä kysyttiin, että missäs se tietokone sitten mahtoi olla,

19

se menetti malttinsa ja se oli sairauslomalla muutaman päivän."

Juhaa huvitti ajatus umpihullusta jätkästä, joka saapuisi kohta istumaan iltaa heidän kanssaan. Ei ollut ensimmäinen kerta, kun Juha harjoitti päihtymistä omituisessa seurassa. Hänkin oli erikoinen, hän tiesi sen, mutta se miten kohtalo suorastaan viskasi kummia ihmisiä hänen elämäänsä, oli hänen mielestään jo iso vitsi. "Joo, en mä provosoi sitä mitenkään", Juha sanoi kiltillä äänensävyllä. "Eikä nakkeja", hän lisäsi.
"Siinähän se onkin, että se haistaa sellaisen. Sellaisen että ihmisiä on briiffattu sen kummallisuudesta. Silloin se sekoaa, joten koita olla vaan, no... Tolleen kännissä, kuin sä jo oletkin."
"Asia selvä, Juha ei", sopersi Juha.
"Parempi niin", sanoi Sini, joka antoi vieressään istuvalle Juhalle suulle pusun. "Olet kiltisti, niin tänään sullakin on oikein mukavaa."
Juha kiitti kulmakarvojaa kohottaen.

Hetken kuluttua selkeästi humalaiset Mirka ja Olavi saapuivat terassille juomat käsissään, ja Sini viittoi heidät luokseen. Sini halasi kumpaakin pitkään. Juhan oli tarkoitus kätellä kumpaakin, mutta olavi kieltäytyi, kun Juha ojensi hänelle kättään. Juha kohautti olkapäitään ja ajatteli, että ihan sama. Hän ei voinut olla ajattelematta, että oltiinko hänenkin selän takana puhuttu siitä, kuinka surkea jätkä hänkin on. Hän jäi tyhjyyteen katsoen miettimään, että mitäköhän hänestä oltiin mahdollisesti sanottu.

"Hei tyyppi! Hei Juha, onko sulla paljonkin tota alkoa alla? Sähän olet iha tuhnussa!" huudahti Mirka pölähtäneen näköiselle Juhalle, joka katsoi hymyillen Mirkaa ja Olavia.

"Taidat olla niitä, jotka vetävät itsensä mielellään ihan jumiin, kun käyvät kaljalla", ivasi Olavi.

Juha tajusi juuri, että hänen puoli vuotta kestänyt juominen taisikin olla se juttu, josta hänen selkänsä takana oltiin puhuttu.

"En mä juo niin tolkuttomasti, mä otan vaan vähän enemmän, kuin sivistynyt juoja. Olen siis kohtalaisen hienostunut, mitä tähän taiteenlajiin tulee."

"Hehhee", sanoi Olavi sarkastisesti.

Juhaa ärsytti häntä närkästyneesti tuijottava, selkeästi vihamielinen Olavi ja hänen ilkeä asenteensa, mutta olihan Juha kokenut kamalampiakin asioita, kuin epävarman törtön vihanpidon. Sini katsoi Juhaa ilmehtien siten, että hän ei vaan provosoituisi ja alkaisi ilkkumaan Olavia takaisin. Juhaa nauratti. Hän lähti hakemaan itselleen olutta ja kysyi ottaisiko Sini vielä jotain.

"Joo, kolan."

Sisällä baarissa Juha suuntasi ensiksi vessaan. Hoidettuaan asiansa kokaiinia imuroivien hienostojätkien seurassa, hän kävi hakemassa juomat ja palasi pöytään. Sini, Mirka ja Olavi juttelivat työpaikkansa uudesta oppisopimustyöntekijästä, mikä

21

sopi Juhalle. Hän saisi olla rauhassa ja katsella kadulla käveleviä ihmisiä, joita oli tänään liikkeellä paljon.

Hetken kuluttua Olavi kysyi Juhalta, mitä hän teki työkseen. Juha kertoi, hieman teeskennellyn asiallisesti: "Minä olen asiakaspalvelussa töissä, netin puolella. Olen myös jonkinlainen myyntimake ja autan myös ihmisiä toimimattomien tuotteiden palautusten kanssa. Mitäs sinä?"

"Niin, mitä teen työkseni?" kysyi Olavi koppavalla äänensävyllä.

"Niin", sanoi Juha tylysti ja oli läjäyttää vitsin Olavin hulluista uskomuksista, mutta sai pidettyä suunsa kiinni.

"Ei siitä sen enempää, mutta olen kutsumusammatissani. Oletko sinä?"

"No kuule en ole, mutta ihan kiva duuni ja mukavat työkaverit. Ja jotain siitä maksetaankin", Juha sanoi viimeinkin kunnolla närkästyneenä.

Kaikki olivat hiljaa ja kaikki, Juha mukaan lukien, vain odottivat Juhan poistuvan pöydästä.

Juha joi nopeasti oluensa loppuun ja sanoi hieman epäkohteliaalla äänensävyllä lähtevänsä kauppaan, minkä jälkeen menisi bussilla kotiin. Siniä harmitti Olavin inhottava suhtautuminen Juhaa kohtaan, mutta koki, että hänen oli pakko antaa Juhan lähteä yksin. He olivat suunnitelleet Mirkan ja Olavin kanssa yhteistä lauantai-iltaa jo pitkään, eikä Sini olisi ikinä uskaltanut jättää Mirkaa ja Olavia, pomonsa tytärtä ja hänen umpikieroksi hemmoteltua lapsuudenystävää kahdestaan, kun olivat vielä sopineet viettävänsä aikaa yhdessä.

Terassi jäi taakse ja ikävästä tilanteesta vapautunut Juha käveli ihmispaljouden läpi kohti kaupungin keskustassa sijaitsevaa päivittäistavarakauppaa. Sieltä hän ostaisi itselleen yhdeksän olutta, kaksi askia tupakkaa, leipää, leivänpäällisiä sekä pakastepitsan. Huominen tulisi ottaa oluen kanssa varovasti, koska Juha ei halunnut kenenkään työpaikalla saavan tietää hänen juomisharrastuksestaan.

Sunnuntai meni Juhalta levätessä sekä seikkaillessa humalan ja selväpäisyyden rajamailla mikä oli oluelle persolle Juhalle joskus haastavaa. Juha meni nukkumaan jo neljältä alkuillasta ja heräsi maanantaiseen aamuun pöhnäisenä, mutta silti työkykyisenä.

3.

Oli torstai. Juha pyöräili töistä kotiin, kun hänen puhelimensa soi. Soittaja oli Sini.

"Moi", Juha vastasi.

"Moikka, Juha. Taisit päästä jo töistä. Sellainen autojen ääni kuuluu, että olet varmaan ulkona. Voinko tulla käymään sun luona tänään? Menisi joku tunti."

"Joo, tule vaan", Juha vastasi.

Juha saapui kotiinsa ja suuntasi jääkaapille. Oluttölkki rasahti auki. Hän oli mielissään saadessaan seurakseen Sinin, vaikka oli harmissaan viime kerrasta. Olavi oli ollut hänen mielestään todella ikävä tapaus, eikä Juhalla olisi aikaa tälle, jos hänen ja Sinin välit lämpiäisivät lisää. Sini soitti ja ilmoitti, että Juhan olisi nyt aika tulla alas. Sini veisi hänet ajelulle. Juha kysyi, kuuluisiko Olavi tämänkertaiseen suunnitelmaan, johon sini vastasi kieltävästi. Juha täytti reppunsa oluella ja suuntasi pihalle. Siellä häntä odotti Sini vaaleassa autossaan.

Juha istui apukuskin paikalle ja kysyi: "Minne mennään?"

"Ajelulle, ajelulle", Sini vastasi.

"Okei, käy mulle", sanoi polviaan hermostuneesti sormillaan naputteleva Juha.

Sini laittoi musiikin hiljaiselle soimaan ja sanoi Juhalle, että hän saisi kyllä avata oluen, kun oli tainnut ottaa sitä ihan repullisen mukaansa. Juha totesi, että hänellä oli huomenna, perjantaina, vapaapäivä eli nyt oli siis "juomapäivä".

"Suunnitelmia huomiseksi?" Sini kysyi.

"Joo, Antin kanssa Monkeyyn. Mitenkäs sulla huominen?"

"Teidän kanssa Monkeyyn."

"Sehän sopii, ystävä hyvä", Juha sanoi mielissään.

He ajoivat mäntymetsän läpi kulkevaa kapeaa hiekkatietä, ja Sini totesi, että ei ollut koskaan harrastanut seksiä autossa. Juha totesi, että ei ollut hänkään koskaan tehnyt kyseistä toimenpidettä minkäänlaisen menopelin sisällä. Sini pysäytti auton tienreunaan ja avasi turvavyön.

"Juha, nyt olisi sitä seksiä tarjolla", Sini sanoi komentaen.

"Juu, mä vaan hörppäsen tämän", sanoi Juha ja joi nopeasti oluensa loppuun.

Sinin mielestä oli paras toimia siten, että Juha laskisi selkänojaa taaksepäin, ja että Sini olisi Juhan päällä toimituksen ajan. Tämä kävi Juhalle, joka laski selkänojaa ja alkoi avaamaan housujaan. Kumpaakin nauratti, mutta Sini totesi, että nyt oli "tosi kyseessä".

"Autossa naimista on mun mielestä ihan pakko kokeilla", sanoi housujaan puhisten riisuva Sini.

"Todellakin. Ja onhan niitä muitakin paikkoja ja asentoja, joten voidaanhan kokeilla tätä hommaa vaikka missä ja miten."

"Joo, joo, Juha. Älä tee tästä mitään vitsiä."

Housuton Sini kävi Juhan päälle, lyöden pari kertaa päänsä auton kattoon. Ohi ajoi auto, joka hiljensi heidän kohdalla. Kumpaakin nauratti. He rakastelivat jonkin aikaa, mutta auton etupenkki oli sen verran haastava paikka seksin harjoittamiselle, että he lopettivat yhteisestä sopimuksesta muutaman minuutin jälkeen. Sini jäi Juhan päälle makaamaan.

"Juha, mä tykkään susta ja mä haluaisin olla sun kanssa välillä vähän enemmänkin. Mulla ei kylläkään ole mitään ihmeitä sulle tarjota, mä olen vaan tällainen kamala akka…"

Juha keskeytti Sinin ja sanoi: "Jaa, mähän tässä olen kamala, mutta en akka tai ehkä vähän akkakin. Enkä mä ansaitse sua, mutta aletaan vaan olemaan yhdessä. Sä et ole kamala, vaan viisas ja älykäs ihminen. Mä olisin todella otettu, jos saisin jakaa elämäni sun kanssasi. Annat mulle siis kunnian olla sun poikaystävä?"

"Juu", sanoi Sini ja pussasi Juhaa suulle, minkä jälkeen hän palasi kuskin paikalle ja alkoi laittamaan housuja jalkaan.

Sini käynnisti auton ja kumpikin oli hetken hiljaa.

"Nyt, kun me ollaan melkein naimisissa, niin tuota…"

"Juha, sä et ole hauska. Tai olet välillä, mutta nyt ei saa. Ymmärrätkö?"

"Okei, anteeksi. Sähän tiedät, että mulla on ollut vähän hiljaista parisuhderintamalla. Mä taidan olla jonkinlaisessa paniikissa", Juha sanoi hieman nolona.

"Jaa, mä en ole paniikissa. Ollaan vaan kimpassa, eikä tehdä siitä niin vaikeaa. Käsitätkö?"

"Kyllä."

Juhan teki mieli kutsua Siniä leikillään omaksi naaraakseen, mutta jätti sen sanomatta, koska ei halunnut ärsyttää Siniä. Juhalla oli omat persoonalliset erityispiirteensä, jotka tekivät hänestä hieman hassun, hän tiesi sen. Juhalta oli mennyt lukion jälkeen monta vuotta tajuta, että ei ollut täysin normaali, mutta erityisen outona hän ei itseään pitänyt.

Sinin mielestä Juha oli kiltti ääliö, mutta lopulta melko älykäs ihmisyksilö. Juha ei juuri koskaan pakottanut muille omia mielipiteitään. Hän antoi ihmisten olla omat itsensä, puuttumalla hyvin harvoin jos milloinkaan siihen, minkälaisia he olivat. Tämän takia Juhaa aliarvioitiin jatkuvasti ja pidettiin, jos ei tyhmänä, niin näkemyksettömänä. Hän kun ei kinannut ja siten pakottanut kenellekään omia mielipiteitään. Juha pelkäsi kaikkein eniten maailmankaikkeuden merkityksettömäksi paljastumista sekä riitoja. Alkoholi auttoi kumpaankin kammoon, vaikka krapulat vahvistivat ensiksi mainittua, kaiken merkityksettömäksi tuntemista. Juha ei missään nimessä ollut ilkeä, päinvastoin, mutta hän oli viime vuosina oppinut kaiken kiltteytensä vastapainoksi peilaamaan ihmisten huonon asenteen heille takaisin.

Ajelu oli mukava, mutta loppui liian lyhyeen. Aivan kuten seksikin aiemmin. Sinillä olisi aikainen herätys, eikä hän halunnut pilata mitään. Hän koki historiansa takia koko ajan olevansa jatkuvan tarkkailun alainen. Ja niin hän olikin. Sini ajoi Juhan kotitalon pihaan ja pussasi häntä suulle.
"Nähdään huomenna, juoppokulta."
"Joo, nähdään. Kiitos sulle."

27

Juha vietti loppuillan katsoen Sinin lempisarjaa ja huomasi kaipaavansa häntä. Juha tunsi itsensä tunteilevaksi hulluksi. Hän olikin jo unohtanut, miltä tuntui, kun oli joku, jota kutsua rakkaaksi. Kun oli joku joka välitti ja josta välitti itsekin. Hän koki, että hän pystyi luottamaan lähimmäisistään huolta pitävään Siniin. Sini oli hänen kallionsa. Juha oli ollut sitä jo yli kolme kuukautta, mutta vasta nyt hän huomasi uskaltavansa ajatella, että Sini oli hänen ja vain hänen läheisin ja rakkain ystävä. Juha tunsi ylpeyttä siitä, että sai olla yhdessä kauniin ja älykkään Sinin kanssa ja nyt ihan yhteisellä sopimuksella parisuhteessa.

Juha oli jo ala-asteen viimeisiltä vuosilta lähtien ollut kyltymätön romantikko. Hän oli ollut jatkuvasti rakastunut johonkuhun tyttöön heidän koulussaan. Lopulta yläasteella hän oli päässyt kokeilemaan seurustelua ja lukion ensimmäisenä vuotena seksiä. Seksiä hänellä ei ollut ennen Siniä ollut moneen vuoteen. Asia ei ollut Juhaa paljoa harmittanut, mutta nyt Sinin kanssa yhdessä ollessa, hän muisti taas, mistä oli jäänyt pitkään paitsi.

Juha suuntasi kohti sänkyä. Kulunut päivä oli ollut raskas. Hän totesi mielessään, että alkoholi oli melko kuluttavaa ja uuvuttavaa ainetta, mutta juomisen lopettaminen ei tulisi kuuloonkaan, ainakaan vielä. Juha olisi kohta höyhensaarilla ja totesi itselleen vielä ennen nukahtamista leikillään olevansa melkoinen panomies.

4.

Tuli perjantai, Juhan vapaapäivä. Juha heräsi taas uuteen krapulaiseen aamuun. Hän totesi olevansa elossa ja käveli tapansa mukaan heti jääkaapille. Juha laittoi pari leipää olutta hörppien ja latasi kahvinkeittimen. Kello oli hieman yli yhdentoista aamupäivällä, joten Juhalla olisi nyt kokonainen perjantainen vapaapäivä ennen iltaa vain itselleen. Hän laittoi rauhallisen jazzin ja elektronisen musiikin fuusion soimaan ja istui sohvalle. Juha tarkisti puhelimelta mahdolliset yhteydenotot, joita ei ollut. Hän selasi nopeasti uutiset. Maailma oli vieläkin pelottava paikka, mutta Juha tiesi asuvansa hyvässä maassa, jossa äärimmäisen pahoja asioita tapahtui lähinnä vain, jos oli sotkeentunut rikollisuuteen.

Rikollinen Juha ei ollut, paitsi mitä tuli satunnaiseen pilven polttamiseen. Juhan Antilta joskus harvoin hankkiman kannabiksen polttaminen oli Juhan psyykelle aika ajoin hieman liian rankka huvitus. Hänelle tuli kannabiksesta toisinaan, varsinkin krapulassa paranoidi olo. Hän kuitenkin sieti sen. Kannabiksen hyötyjä olivat Juhan mielestä uusien näkökulmien saaminen ajatteluun, sekä sen rentouttava vaikutus iltaisin, kunhan sitä sai polttaa yksin. Juha oli monesti polttanut seurassa siten, että oli joutunut esittämään kaiken olevan mallillaan, vaikka ei olisi ollutkaan. Hän oli usein meinannut menettää mielenterveytensä, kun oli polttanut kannabista isommassa porukassa. Juhaa

29

ohjasi silloin paranoidit ja ahdistavat ajatukset, joita hän ei aina kyennyt karistamaan mielestään.

Eräänkin kerran hän oli kokenut, että maailma ihmisineen halusi kiusata häntä, että hän oli jonkinlainen psykologinen kuriositeetti tai sirkuseläin, jonka liikkeitä seurattiin. Juha ei tiennyt miksi, mutta hän koki muutenkin olevansa niin omituinen, että rikkoi jonkinlaista ihmisyyden sääntöä. Tämä sääntö saattoi olla hänen mielestään tasapäistyminen. Monella tuntui olevan kiire esittää normaalia ja menestyvää. Monet niin sanotut normaalit ihmiset elivät Juhan mielestä saman normaaliuden kuplan sisällä, jossa esittivät toisilleen ainutlaatuisia ja erikoisia yksilöitä. Se oli hänestä typerää ja ristiriitaista.

Juha näpersi kannabissavuketta, johon oli laittanut tapansa mukaan tupakkaa ja omaan sietokykyynsä nähden liikaa kannabiksen kukintoa. Hän tarkisti, että huoneiston väliovi oli kiinni ja ryhtyi polttamaan juuri käärimänsä savuketta. Aine alkoi vaikuttamaan, Juha otti tyytyväisenä hörpyn oluesta. Hän veti viimeiset henkoset ja tumppasi lopun sätkän keittiön lavuaariin, kaatoi sen päälle vettä ja heitti sen roskakoriin. Kahvi oli tippunut, mutta Juha totesi sen olevan liian kevyttä ainetta tämänhetkiseen mielitekoon. Hän avasi oluen ja tajusi olevansa nälkäinen.

Juha löysi itsensä hetken kuluttua sohvalta selällään maaten selaamasta läheisen pitserian nettisivua ja mietti, että miten olikaan sivustolle päätynyt. Hän totesi kuitenkin mielessään, että olisi loistava idea tilata pitsa, mutta ajattelikin yhtäkkiä taas Siniä, sekä heidän hauskaa hetkeään autossa, mikä sai Juhan naurahtamaan. "Sini tykkää patongeista, niin mäkin." Juha päättikin tilata patongin. Hänellä oli vain yksi ongelma, hän oli aivan sekaisin. Juha nosti katseensa puhelimensa ruudusta ja totesi itselleen, että kykenisi kyllä ruokakuskin tavatessaan hetken aikaa skarppaamaan ja että olisi parinkymmenen minuutin kuluttua vähemmän vaikutuksen alaisena. Hän teki tilauksen loppuun ja maksoi.

Tilauspalvelun sovellus ilmoitti, että toimitukseen kuluisi aikaa alle puoli tuntia. Juhan mielestä oli maagista seurata sovellusta, joka näytti aika-arvion lisäksi kuskin ajaman matkan kartalla. Lopulta kuski oli jo melko lähellä Juhan kotia, tuli aika lähteä talon alaovelle. Juha laittoi kengät jalkaan ja otti mukaansa kotiavaimen sekä varmuuden vuoksi lompakkonsa, jossa hän säilytti henkilöllisyystodistustaan.

Rappukäytävään päästyään Juha järkyttyi hieman, koska hän tajusi kohtaavansa ihmisen. Hän ymmärsi vieläkin olevansa liian pilvessä osatakseen yhtään mitään, mutta muisti, että kaikki oli hyvin. Ja muutenkin, saihan sitä ihminen joskus olla hieman päihtyneessä tilassa. Eihän sitä tarvinnut hävetä, hän tuumi. Juhan mieli tyyntyi ja hän suuntasi alaovelle, jonka luona kuski jo näpytteli puhelintaan. Juha avasi oven ja sanoi "hei". Kuski kysyi häneltä englanniksi sattuisiko hän olemaan Juha, johon Juha vastasi englanniksi "kyllä". Hän sai

31

herkkuruoan käteensä, kiitti ja juoksi rappuset ylös kolmannessa kerroksessa sijaitsevaan asuntoonsa.

"Juha yksi, vaikeudet nolla", Juha sanoi. Hän koki voittaneensa itsensä ja totesi mielessään, että hänen pitäisi vähintään saada jokin suuri kansainvälinen korkeamman profiilin palkinto kyseisen suorituksen johdosta. Juha istui sohvalle. Ruoka tuoksui paketissa huumaavalta, Juha avasi sen kuin nälkäinen peto ja alkoi syömään. Hetken ahmittuaan hän rauhoittui ja mietti, että elämä tosiaan oli kohtaamisia, kuten joku oli hänelle aikanaan sanonut. Hänen mielensä pyyhkiytyi viisaasta ajatuksesta ja hän jatkoi syömistä sivistyneemmin.

Juha oli juuri alkamassa syömään patongin toista puolikasta, kun hän havahtui puhelimen ääneen. Sini soitti, hän oli varmaankin tauolla. Juha päätti aluksi olla vastaamatta, koska pelkäsi huumevastaisen Sinin jostain syystä saavan tietää, että Juha oli polttanut kannabista. Lopulta hän kuitenkin päätti vastata ja esittää juuri herännyttä versiota itsestään.
"Moikka", Juha mutisi unisella äänellä.
"Moikka, mitä juoppo? Kuulostat väsyneeltä, oletko juuri herännyt?"
"Joo, ihan just, mitä sulle kuuluu?"
"Ihan hyvää. Mä olen tässä Mirkan kanssa ja ajateltiin, että se voisi lähteä meidän kanssa tänään ulos."
Juha kuuli Mirkan sanovan, että Olavi oli lähdössä viikonlopuksi etelään joten ei tarvinnut pelätä hänen kohtaamistaan.

"Joo, tottakai, terkut sinne."

"Se sanoi, että tottakai ja terveisiä", Sini sanoi Mirkalle.

"Mä jätän sut heräilemään ja soitan, kun ollaan valmiina lähtöön. Ja voin tulla hakemaan teidät sun luota tai Antilta, ihan miten vaan."

"Joo, loistavaa. Soitellaan ja katsotaan, miten hommat menee", mutisi Juha hauraan väsyneellä äänellä.

"Okei, heippa", sanoi Sini

"Heippa", vastasi Juha.

"Juha kaksi, vaikeudet nolla", sanoi Juha hiljaisella äänellä. Juha oli selvinnyt puhelusta, mikä sai hänet tuntemaan olonsa entistäkin sankarillisemmaksi. Ja mikä mahtava yllätys, ruokaa oli vielä jäljellä. Juha söi ruokansa tyytyväisenä loppuun ja kävi sohvalle kyljelleen makaamaan. Hän nukahti.

Juha oli nukkunut noin tunnin ja hän totesi unesta havahtuessaan olevansa vieläkin pilvessä. Unessa hän oli nähnyt suuren tähden räjähtävän ja mietti mitäköhän sellainen mahtoi tarkoittaa, jos tarkoitti yhtään mitään. Kello oli puoli kaksi, ja Juha ajatteli että Antti vapautuisi töistä siten, että hän olisi kuudelta valmis ottamaan Juhan vastaan kotiinsa. Juhalla olisi vielä aikaa itselleen.

Juha muisteli lapsuuttaan, aikaa jolloin kaikki oli hyvin. Tai melko hyvin. Tai kyse saattoi olla siitä, että hän sai silloin olla lapsi ja elää ilman vastuuta. Silloin tuntui kuin Jumala ja johdatus olisivat olleet enemmän läsnä hänen elämässään, tuoden rauhaa hänen koko olemukseensa.

33

Juhan lapsuus oli oikeasti ollut kamala, mutta aika oli kullannut muistot, eikä hän jaksanut surra liikaa menneitä. Hänen vanhempansa olivat eronneet hänen ollessaan kymmenen vuoden ikäinen, eikä Juhasta oltu välitetty samalla tavalla, kuin muista lapsista. Hän oli luullut elävänsä hyvää elämää, kunnes oli yläasteella saanut ensimmäisen kerran kavereita ja tavannut heidän perheitään, jolloin Juha oli tajunnut, että heillä oli kotona jotain pielessä. Rahaa hänellä oli ollut melko vähän käytössään ja hän sai vanhemmiltaan omituisia rangaistuksia, vaikka kasvatus muuten oli melko vapaata. Kerrankin, viisitoistavuotiaana, Juha oli innoissaan kaverinsa järjestämistä juhlista, joihin meneminen häneltä oltiin lopulta kielletty, koska hän oli saanut ruotsin kokeesta huonon arvosanan. Hänellä oli ollut tapana tavata isäänsä joka toinen viikonloppu. Juha oli rakastanut isäänsä, vaikka isä oli etäinen ja aina omissa maailmoissaan.

Jälkeenpäin Juha oli päätellyt, että hänen vanhemmillaan oli kummallakin ollut mielenterveyden ongelmia, joista he olivat vaienneet. Välit Juha oli katkaissut jokaiseen vanhaan tuttuun sekä perheeseensä ja oli joutunut kokemaan sen, kuinka vaikeaa oli aloittaa elämä täysin alusta. Mutta sen hän oli kuitenkin tehnyt, eikä ollut katunut hetkeäkään. Hän oli järjestänyt asiansa siten, että oli hakenut kouluun toiselle paikkakunnalle, josta oli vielä muuttanut hieman isompaan kaupunkiin, nykyiseen kotikaupunkiinsa.

Heidän perheensä oli aikoinaan kuulunut ylempään keskiluokkaan, mutta vanhempien eron jälkeen kaikki oli muuttunut. Rahaa ei yhtäkkiä ollutkaan, ja Juhan isä ajeli vanhalla auton rämällä. Juhaa harmitti se, kuinka vähän hänen vanhempansa olivat hänestä välittäneet ja kuinka vähän he olivat hänelle asioita opettaneet. Hän oli lopulta joutunut opettelemaan kaikki elämäntaidot itse, toisin kuin hänen neljä vuotta vanhempi veljensä, jota hänen vanhempansa olivat aina auttaneet.

Alempi liiketalouden korkeakoulututkinto oli lopulta pelastanut Juhan. Se oli mahdollistanut hänen työllistymisensä, sekä lopulta tehnyt hänestä sen miehen, joka hän nyt oli. Juha oli kokenut opintojen aikana erilaisuuden taakkaa, mutta oli löytänyt hengenheimolaisia, joiden kanssa ystävystyttyään, hän oli vasta alkanut ymmärtämään, kuinka tärkeää oli, kun ympärillä oli ihmisiä. Silloin vasta hän oli oppinut täysin arvostamaan kanssaihmisiään. Opinnot olivat olleet Juhalle helppo juttu ja ne olivat muovanneet häntä paljon aikaisempaa järkevämpään suuntaan.

Juhan pää selveni ja hän huomasi ajattelevansa, että tekisi kuten Anttikin oli sanonut tekevänsä. Hän vähentäisi juomista. Hän oli vuodenvaihteesta asti juonut vähintään kaksi annosta alkoholia vuorokaudessa. Juhalle ei ollut jäänyt rahaa edes vaatteiden tai levyjen hankkimiseen sen jälkeen, kun oli aloittanut juopottelun. Tänään oli kuitenkin perjantai ja hän tapaisi lempi-ihmisiään, joten oluttölkki rasahti auki.

5.

Antti soitti ja sanoi, että olisi valmis lähtemään vaikka pelkällä menolipulla Marsiin, kunhan saisi rommia. Juha mietti, että Antilla oli varmaan kehossaan yksi ylimääräinen maksa, kun hänelle ei olutkaan tuntunut nousevan päähän.

"Minne mennään?" Juha kysyi.

"No siinähän se hauska juttu onkin, että ei minnekään", Antti nauroi. "Tule mun kämpille, kohta saadaan vähän vahvempaa tavaraa."

"Okei, mikä on suunnitelma?"

"Reilu-Reino, vanha juoppo, kaipasi seuraa, joten lupasin, että saa meistä itselleen ystävät täksi illaksi. Sopiiko tällainen?"

"Kyllä se passaa, mutta mä lähden Sinin ja sen kaverin kanssa tänään baariin. Sinillä on auto, se voisi heittää meidät baareilemaan."

"Jaa, baareilu peruttu multa, tule sinä kuitenkin alkajaisiksi tänne mun kämpille."

"Joo, kymmenen minuuttia."

"Jepulis."

Juhaa nauratti. Hän oli kuullut Reilu-Reinosta. Reino oli juoppo, joka oli menettänyt koko omaisuutensa aikanaan toimittuaan yritysmaailmassa sijoittajana. Hän oli irvileukojen mukaan ollut liian reilu jätkä menestyäkseen raa'assa bisnesmaailmassa. Hän oli tämän ilkeän vitsin kautta saanut lempinimensä. Juhaa hieman harmitti tutustua lähemmin kyseiseen mieheen, koska tämä edusti elämän nurjaa puolta. Mutta antaa kaikkien kukkien kukkia, Juha ajatteli. Eihän Juhaakaan kukaan kivittänyt, vaikka hän oli melko omalaatuinen ihminen. Juha käveli ulos kotitalonsa alaovesta reppu täynnä olutta suuntanaan Antin koti.

Antin kotiovelle päästyään, Juha törmäsi vanhempaan parrakkaaseen mieheen, joka kääntyi katsomaan Juhaa. Juha sanoi: "Te olette varmaan Reino."
"Juu, kyllä ja sinä olet Juha. Juuri tulin minäkin tähän, mutta hieman liian kauan olen odottanut, joten mietin, että onkohan sattunut jot..."
Ovi avautui ja Reino säpsähti.
"Sori vaan henkilöt, mulla oli tärkeä puhelu meneillään. Käykää peremmälle. Jaa Reeiinoo aantaa mullee puuteeliin", sanoi Antti leikkisästi ja malttamattomana vokaaleja venyttäen ja päkiöillään hyppien.
Juha ja Reino istuivat olohuoneen sohvalle ja Antin keittiöstä kuului ison viinahuikan juomisen seurauksena syntyvää ärjyntää. Antti taiteili kolmen lasin kanssa olohuoneeseen, eikä Juha taaskaan kehdannut kieltäytyä viinatarjoilusta.
"Mä olen kohta sitten, hyvät herrat, ihan liian humalassa, mutta antaa mennä vaan", sanoi Juha.
Tähän Reino sanoi: "Sitä ei tarvitse kerralla juoda, vaikka Antti yllyttäisikin. Me ollaan puhuttukin siitä viinan tyrkyttämisestä. Antti haluaa, että kaikilla on yhtä hauskaa, kuin silläkin on. Siksi se aika ajoin yrittää saada ihmiset juopottelemaan oikein kunnolla."
"Minähän en pakota ketään, minä olen eräänlainen viinainfluensseri. No ei, otetaan miten otetaan. Juha, siitä napsusta saa kieltäytyäkin Toiset ovat tuollaisia

höyhensarjalaisia, enkä minä sitä aina tajua", Antti sanoi hieman ivallisesti pahoitellen.
"No siinä tapauksessa sä juot tuon", Juha sanoi Antille osoittaen pöydällä seisovaa juomalasia, joka oli puolillaan tummaa rommia.
"Okei", totesi Antti ja joi lasin kerralla tyhjäksi, miehekkäästi äännellen.

Isot stereot, jotka olivat yksi Antin suurimpia ylpeyden aiheita, pauhasivat hiljaisella amerikkalaista southern rockia, mikä sopi hyvin hänen rosoiseen tyyliinsä. Antti oli äijä, eikä neitimäinen tyyppi, jollaiseksi Juhaa oltiin joskus aikanaan nimiteltykin. Antti oli kuitenkin karskista tyylistään huolimatta hyvin empaattinen ihminen. Hän oli muuttanut kaupunkiin muualta, töiden perässä, aivan kuten Juhakin. Hän oli tosin asunut kaupungissa jo parikymmentä vuotta.

Reino vaikutti lempeältä ja kiltiltä ihmiseltä, mikä sai Juhan ihmettelemään, kuinka oli mahdollista, että hän oli niin parjattu yksilö. Reinon puhe oli varovaista, sekä harkitsevaa ja hänen puheestaan kuului sielun sivistys. Hänen vaatteensa olivat hieman kuluneet, mikä kertoi rahan puutteesta. Juha katsoi Reinoa hetken aikaa ja Reino katsoi häntä hymyillen. Reino kysyi Juhalta, mitä hän teki työkseen.
"Olen asiakaspalvelija ja myyjä. Lähinnä näpyttelen netissä ihmisille, että mitä kannattaa tehdä, jos meidän yrityksestä ostettuun laitteeseen tulee vikaa. Ja on niitä palautuksia ihan muuten vaan, kun tuo laki on sellainen, että tuotteen kuin tuotteen saa palauttaa."

38

"Juhalla on liiketalouden korkeakoulututkinto", Antti sanoi Reinolle.

"Sehän on hienoa, itse olen koulutukseltani merkonomi." Antin mielestä kaupallisen alan opinnot tekivät heistä hengenheimolaisia, johon Reino sanoi, että ei enää uskonut yksityisomistukseen. Antti totesi, että työläisenä hänkin oli enemmän vasemmalle kallellaan.

"Sehän on hienoa, että ihminen saattoi löytää henkisen kodin niinkin tietoisesta ideologiasta, kuin sosialismi", Juha sanoi ja lisäsi olevansa epäpoliittinen.

"Olen enemmänkin ideologinen, en poliittinen", Reino sanoi.

"Reino on lähinnä utoopikko, jonka näkemys on hyvin laaja-alainen. Harva uskaltaa ottaa elämänfilosofiansa yhtä vakavasti näinä aikoina, kun turha ja kepeä ironisuus on maailman ja nykyihmisen synti ja saatanallinen taakka."

Juha nyökytteli Antin suuntaan ja katsoi sitten Reinoa, joka kysyi, minkälaisen ajattelun mukaan Juha eli.

"No jaa. Mä haluan olla pasifisti. Rauhanaate on mulle tärkeä ihanne, eikä siinä ei ole mitään erityisen vaikeita opinkappaleita tai hullunkurista teologiaa. Ainakaan minun tietääkseni. Mä en ole hippi, vaikka mua on joskus hipiteltykin. Mä olen jo pitkään kokenut, että luonto, siis kasviluonto on jotenkin arvokkaampi kuin me muut olennot. Mutta mä en täysin tiedä, mistä siinä on kyse. Mutta joo, sellainen mä olen. Lihaa mä en juurikaan syö ja olen ajatellut lopettaa sen syömisen kokonaan. Se on musta jotenkin väärin. Se kun on raakaa eläinten hyväksikäyttöä."

39

"Hienoa, että saan juoda teidän kanssa filosooffit, tämä mies on iloinen", sanoi alkoholin aikaansaamasta euforiasta nautiskeleva Antti. Miehet päättivät nostaa toisilleen maljan. Antti vaati, että Juha jäisi viettämään iltaa hänen ja Reinon kanssa. Reino ja Antti olivat sitä mieltä, että Sinihän voisi tulla kavereineen käymään Antilla. Juha totesi, että se olisi varmasti hyvä idea, mutta kysyisi ensin Siniltä, mitä mieltä hän olisi asiasta.

Juha soitti Sinille ja he sopivat, että Sini tulee käymään Antilla yksin. Mirka ei ollut tulossa, koska oli joutunut sairaalaan ensiapuun, leikattuaan tunti sitten kokatessa sormeensa. Juha ilmoitti herroille, että jäisi heidän kanssaan istumaan iltaa. Sille nostettiin malja, ja Sinin saapumiselle myös.

Juhalla oli nälkä ja hän ehdotti, että he tilaisivat ruokaa. Antti ei vastustanut ajatusta, mutta Reino kieltäytyi kohteliaasti, minkä Juha tulkitsi vihjeeksi, että tarjoaisi hänelle annoksen. Juha hoiti tilauksen ja maksun puhelimellaan ja toivoi, että Reino ei olisi hänelle outona, koska otti oman pitsansa häntä ajatellen perhekoossa. He kuuntelivat musiikkia ja rupattelivat, kunnes ovikello soi. Juha nousi sohvalta ja haki pitsat. Tullessaan ovelta takaisin olohuoneeseen, hän tokaisi: "Tämä mun pitsa onkin tällainen iso, niin voidaan varmaan, Reino, sun kanssa jakaa tämän puoliksi."
Antti katsoi hämmentyneenä ensin Juhaa ja sitten Reinoa. Reino kiitti ja totesi, että "onpa ystävällistä."

Reino ei ottanut pitsan tarjoamista Juhan taholta alentuvana loukkauksena, mikä huojensi Juhan mieltä. Reino ilahtui pitsasta ja muuttuikin hieman eloisamman ja pirteämmän oloiseksi. Antin käydessä keittiössä, Reino alkoi kertomaan, että oli saanut juuri valmiiksi kirjan, joka käsitteli elämäntaitoa ja viisastumista. Juhasta se oli hieno juttu, hänen teki mieli kysyä, minkälaisella laitteella Reino kirjoitti, mutta päätti antaa asian olla. Se ei hänen mielestään hänelle kuulunut. Hän näki mielessään Reinon näpyttelemässä vanhanaikaisella kirjoitukoneella, pelkkiä etusormia käyttäen.

"Pystytkö hieman tarkemmin valottamaan, että minkälaista teemaa siinä kirjassa on?" Juha kysyi.
"No yksi on ihmisen elämässä muutoksen vaikeutta käsittelevä osio. Siinä on viisi osaa, jotka ovat tuntemattoman pelko, omien kykyjen aliarvioiminen, muutos on myös menetys, vertaispaine ja ihminen sekä mahdottomat päämäärät. Olen ajatellut painattaa sen ja pyytää jostain kanteen kuvan, jossa on toukka ja perhonen, jotka tietenkin symboloivat muutosta sekä ihmisenä kasvamista."
"Kuulostaa hienolta. Mistä sait idean sun kirjaan?" Juha kysyi.
Antti saapui olohuoneeseen. "Tämä Reino on kuule nero, joka kuuluu samaan kategoriaan Gandhin ja ties kenen muun suuren kanssa. Mä laitoin meille pojat kahvia tippumaan."

"Idean kirjaan sain omasta elämästäni sekä itämaisesta filosofiasta, mikä on minun mielestäni monta asiaa, mutta ennen kaikkea sielun parantamiseen tarkoitettua tiedettä, jota pitää tulkita oikein", sanoi Reino, joka hymyili nyt iloisesti. Juha tunsi empatiaa tätä vanhaa miestä kohtaan. Reino ei ollut hänelle enää vain hullu ukko, josta liikkui outoja ja typeriä huhuja, vaan viisas ja älykäs vanhus.

Antti kaivoi lipastosta Juhalle tutun näköisen, vaalean puulaatikon ja otti sieltä läpinäkyvän pussukan, josta alkoi nyppimään kannabiksen kukintoa. Hän laittoi kukinnon palaset pienellä vaa'alla punnittuaan pussiin, jonka ojensi Reinolle.
"Onkohan nuoremmalla pojalla hamppuasiat kunnossa, vai tarvitsetko täytettä varastoon? Mulla on nyt sitä möyhöä, josta sä tykkäät", vinkkasi Antti.
"Voisihan sitä ottaa jonkin verran", sanoi Juha.
"Ota paljon, tämä on nyt sitä indicaa, jota sä olet kinunnut."

Juha piti indicasta, joka oli vaikutukseltaan THC:n dominoima kannabislajike. Se rentoutti Juhaa ja oli siten hyvää lääkettä ennen nukkumaanmenoa poltettuna. Sen avulla Juha oli monta kertaa sukeltanut itseensä. Hän tiesi, että THC olisi hänelle hyvä väline itsetuntemukseen. Hän olikin joskus todennut Antille, että hänellä oli väline, mutta ei jaksanut täysin käyttää sitä muuhun kuin rentotumiseen. Juha halusi ennemmin rauhoittua, kuin jatkuvasti mietiskellä sitä, kuka ja mikä oli. Juha kyllä tiesi, että hänellä oli ongelma. Ongelma oli alkoholi. Juhan alkoholin käytön takana oli vielä muitakin syitä, mutta niistä Juha ei ollut erityisen tietoinen. Eikä hän niitä halunnut edes ajatella.

"Juha, sä otat tätä ja lopetat sen liian litkimisen. Ei ole mitään tyhmempää, kuin ottaa joka helvetin ilta sitä kännimuussia. Kuuntele nyt, sä otat tätä ja lopetat liian humalahakuisen juomisen silloin, kun sä olet yksin. Tutustut itseesi oikein kunnolla. Ota, ota!"
Juha mietti hetken ja totesi, että voisihan sitä ottaakin.
"No, laita mulle satasella."
Reinon mielestä kannabis oli ennen kaikkea lääkettä, jota piti osata käyttää oikein. Hän sanoikin Juhalle, että pilven polttamisessa homman juju oli oppia viisautta ja tunneälyä, joka oli meissä kaikissa, mutta joka oli kapitalistiseen kilpailuyhteiskuntaan kasvamisen seurauksena unohtunut. Reino lisäsi vielä: "Kun alat kuuntelemaan sydäntäsi, niin…"
"Pääset ilon ja onnen taivaaseen", Antti keskeytti.
"No vaikka niin, voi sellaiseenkin päästä", Reino sanoi.
"Kyllä, kyllä. Ja voi sitä löytää itsensä laitoksestakin, jos liikoja ottaa kerralla, eikä osaa kannabista kunnioittaa", Antti lisäsi. "Ota, Juha, siis varovasti. Ja seuraava satsi vasta puolen vuoden kuluttua. Sä pärjäät tällä ja muistakin olla polttamatta kerralla liikaa."
"Ennemmin nössö, kuin…"
"Kuollut", Antti keskeytti Reinon viisastelun ja totesi: "Kyseessä on kaikesta huolimatta päihde, joka saattaa joissakin tapauksissa vääristää kokemusta todellisuudesta ja olla vaaraksi käyttäjälleen. Eikä sovi olla sanomatta sitä tosiasiaa, että kannabis on myös

43

monelle kokeilunhaluiselle porttihuume eli portti kovempiin aineisiin. Ole siis, Juha, varovainen. Älä polta liikaa. Oikein käytettynä tämä aines on kultaakin kalliimpaa. Minä voisin pitää vaikka kuinka pitkän puheen niistä terveysvaikutuksista, joita tällä pyhällä yrtillä on, mutta pelastan itseni ja teidät siltä luennolta."

Juhan puhelin soi. Soittaja oli Sini, joka ilmoitti juuri kääntyvänsä Antin kotitalon pihaan. Juha sanoi, että voisi tulla häntä vastaan pihalle, hän voisi polttaa savukkeen. Juha sanoi Antille ja Reinolle, että eivät puhuisi kannabiksesta Sinille ja kumpikin nyökkäsi.

Juha ja Sini tapasivat kellertävän ilta-auringon kauniisti valaisemalla pihalla. Sini halasi Juhaa pitkään, Juha oli mielissään oman kaunottarensa kanssa vietetystä pienestä läheisyyden hetkestä. Juha tarjosi Sinille savukkeen, ja he panivat tupakaksi.
"Siellä on sitten Reilu-Reinoksi kutsuttu mies kylässä, joten älä säikähdä", Juha sanoi.
"Joo, en."
"Ihan symppis ukkeli, usko vaan", Juha todisteli.
"Uskonhan mä", Sini sanoi katsoen maahan.
"Ai niin, mitenkäs se Mirka?"
"Ihan hyvin, se selviää parilla tikillä. Voisinkohan mä mennä sun kämpille, kun mä lähden?"
"Jaa, yksin?" Juha kysyi.
"Niin. Mä voisin katsoa mun sarjaa ja... Mä haluaisin olla huomenna yhdessä ja tiedätkö... Ollaan vähän niin kuin pariskunta."

"Joo, saat avaimen, mulla on vara-avain repussa. Mutta ei sun yksin tarvitse siellä olla, mä tulen sun kanssa."
"Okei, kiva."
Sini suuteli Juhaa suulle. Se oli Juhasta maailman paras suukko maailman parhaalta ihmiseltä.

Antti toivotti Sinin tervetulleeksi kotiinsa ja totesi, että hänen asunnossaan ei ollut naista käynytkään varmaan vuoteen.
Reino sanoi Sinille ujosti: "Hei, olen Reino"
Sini tervehti häntä takaisin. "Hei, olen Sini, mitä kuuluu?"
Reinoa hymyilytti ja hän sanoi: "Ihan mukavasti menee. Tänne tuli ihan erilainen energia, kun saavuit. Sinunhan pitää jäädä pidemmäksi aikaa."
"Kiitos, tottakai. Voinhan mä tässä jonkin aikaa istua teidän kanssa iltaa."

Sini katseli Antin levyjä. Illan isäntä sanoi, että Sini saisi laittaa soimaan ihan minkä tahansa albumin. Sini oli vaikuttunut levyjen määrästä ja laadusta ja totesikin Antille, että nyt oltiin oikean musiikkidikkarin levyhyllyllä.
"Joo", Antti sanoi. "Mulla on vielä ainakin tuhat levyä, jotka odottavat ostamista, mutta enhän mä kerkeä niitä hankkimaan tämän elämän aikana."
Sini laittoi soimaan hieman tavallista rankempaa rock-musiikkia, josta ajatteli humalaisen seurueen pitävän. Antti totesi sen olevan erinomainen valinta.

Nelikko käytti loppuillan, Antin vaatimuksesta, pelaten tietovisailulautapeliä. Antti totesi, että oli usein pelatessaan ajatellut, että pelissä oli tarkoitus hävitä, koska typerien ja tyhjänpäiväisten knoppien tietämien oli ääliön ja pirun merkki. Kaikilla oli hauskaa, ja miehillä alkoholijuomat virtasivat. Antti voitti pelin ja totesi nöyränä, että hän olikin porukan suurin ääliö.

Sini kiitti pelistä ja totesi, että "Olisikohan jo aika lähteä kotiin". Reino, jolla oli ollut pitkästä aikaa hauskaa, sanoi, että hänen oli ainakin jo aika lähteä, mihin Sini sanoi, että he voisivat Juhan kanssa antaa hänelle kyydin kotiin.

"Kiitos paljon, se olisi todella mukava juttu", vastasi Reino.

Sini kysyi Antilta, haluaisiko hän lähteä pikku ajelulle, viemään Reinoa kotiin, kun asuikin aivan Juhan naapurissa, niin ei siitä mitään haittaakaan olisi. He voisivat vaikka tehdä pienen huviajelun.

Antti innostui ajatuksesta ja sanoi: "Kyllä, todellakin. Hieno ihminen olet."

Autoon päästyään, Sini kysyi, olisiko muut halunneet käydä vielä baarissa. Hän lisäsi juuri hieman piristyneensä. Reino sanoi kohteliaaseen tapaansa, että menisi mielellään suoraan kotiin. Antti ja Sini olivat sitä mieltä, että olisi hauskaa jos ilta vielä jatkuisi. Antti, joka oli vaatinut päästä hänen mielestään erittäin laadukkaan auton etupenkille, kiitteli Siniä ja sanoi, että Sini oli loistotyyppi.

Reino asui mielenterveyskuntoutujille tarkoitetussa asuntolassa, jota ei öisin valvottu. Asuntola sijaitsi kaupungin toisella laidalla. Reino kiitteli asuintalonsa pihamaalla kaikkia mukavasta illasta. Kaikki olivat sitä mieltä, että ottaisivat illanistujaiset vielä samalla porukalla uudestaan.

"Kiitos, olette ihania ystäviä. Hyvää yötä kaikille", toivotti Reino, jolle kaikki toivottivat myös takaisin hyvää yötä.

"Monkeyyn!" huusi vielä juhlatuulella oleva Antti, joka totesi Juhan olevan hänelle maksumiehenä tänä iltana. Juhaa väsytti ja häntä harmitti lähteä jatkamaan iltaa, mutta tukahdutti harmituksen tunteen ja totesi mielessään, että pyrkisi näkemään asiassa hyviäkin puolia. Hän ajatteli, että saisi kohta sen verran herkullisen virvokkeen, että häntä ei enää sen juotuaan vaivaisi mikään. Ja seurakin oli ihan kohdallaan, vaikka Antti olikin tänään villiintynyt erikoisella tavalla. He sopivat, että joisivat kahdet juomat, jonka jälkeen poistuisivat kotiin.

Kolmikko saapui Monkeyyn ja kaikki tilasivat juomat, jotka Juha maksoi kortilla. Tilillä oli enää valitettavan vähän rahaa, mutta ne riittäisivät vielä palkkapäivään asti. Se oli kuukauden viimeinen päivä, johon oli enää vain pari vuorokautta aikaa. Kolmikko seisoi täydessä baarissa ja kaikki joivat ympärilleen vilkuillen juomiaan kunnes Anttiin sanan varsinaisessa merkityksessä törmäsi kaksi hänen työkaveriaan. Antti keskusteli heidän kanssaan jonkin aikaa ja kääntyi sitten Juhaan päin ja sanoi jatkavansa heidän kanssaan illan viettämistä ja totesi, että Juha olisi hänelle rahaa velkaa, viitaten aikaisempaan kaupantekoon eli pilvikauppaan, joka tapahtui Antin kotona.

47

"Haluatko sä ne rahat nyt?" Juha kysyi.

"No, jos viitsit nostaa", Antti vastasi.

Juha ilmoitti Sinille, että voisivat hänen mielestään poistua Monkeysta, kunhan vaan kävisivät pankkiautomaatilla, johon Sini sanoi, että "sopiihan se". Juha vaati Anttia tulemaan heidän kanssaan ulos. Antti sai rahansa, jonka jälkeen Juha ja Sini poistuivat Sinin autolle.

Juha ja Sini saapuivat Juhan asuntoon ja he kumpikin rojahtivat sängylle. Kumpaakin väsytti, mutta Juha tiesi, että ei vielä pystyisi nukahtamaan. Sinin silmät olivat kiinni ja hän oli jonkin ajan kuluttua unessa. Juha nousi sängyltä ja suuntasi eteiseen, jonka lattialla lojui hänen reppunsa. Hän otti sieltä Antilta ostamansa pienen pussin ja piilotti sen työpöytänsä laatikon perälle. Hän joi vielä olohuoneessa kaksi olutta musiikkia kuunnellen ja kävi sitten nukkuvan Sinin viereen lepäämään. Kohta he kumpikin olivat sikeässä unessa.

6.

Elettiin elokuun alkua. Juha keskusteli töissä trollin kanssa ja ajatteli, että mikäs kirjoitellessa, kun kerta palkka juoksee. Tämäkin tapaus oli varmaan omasta mielestään nokkela ja hauska ihmisparka. Hän pyrki selkeästi pelaamaan Juhan aikaa. Sitähän hänellä riittäisi vielä useita tunteja ennen työpäivän päättymistä, mutta nyt oli tullut aika kysyä tältä kadotetulta yksilöltä, että oliko hänellä aikomuksenaan oikeasti ostaa jotain. Juha oli esitellyt hänelle erilaisia alla satasen hintaisia mikroaaltouuneja ja todennut kahteen kertaan, että heillä ei ollut myynnissä hieromasauvoja. Ajanhaaskaaja katosi keskustelusta, ja Juha siirtyi uuden, mahdollisesti kiittämättömän asiakkaan avuksi. Kohta hän pitäisi kahvitauon ja sen jälkeen suuntaisi tupakkakoppiin. Juha tiesi, että hänen pitäisi vielä joku päivä onnistua lopettamaan omasta mielestään ällöttävänä, mutta rauhoittavana tapana pitämänsä tupakointi, mutta se ei ollut kiireellisten asioiden listalla.

Juha pääsi tauolle ja suuntasi pieneen kahvihuoneeseen, jossa ei ollut ketään. Hän kaatoi itselleen kahvia mukiin ja hörppäsi sen nopeasti tyhjäksi, jonka jälkeen kävi tupakalla. Poltettuaan kaksi tupakkaa lasiseinäisessä tupakkakopissa, hän palasi työpisteelleen ja alkoi taas vastailemaan ihmisille heidän omituisiin kysymyksiinsä. Juha mietti, että olisiko ihmiskunta joskus niin etevä, että hänen ammattiaan ei enää tarvittaisi, että ihmiset osaisivat valita ostamansa tuotteet itse ilman ulkopuolisen apua.

49

Juha ei ollut ammatissaan ainoastaan palvelemassa ihmisiä, tai helpottamassa heidän ostopäätöksiään, vaan antamassa ihmisille vakuutuksen siitä, että suuryritykset olivat olemassa heitä varten, auttamassa heitä elämään mitä parhainta elämää. Juhaa aidosti harmitti, kun ihmiset olivat saaneet rikkinäisen laitteen, tai olivat muuten vaan tyytymättömiä. Hän koki tekevänsä työtä, jolla oli suurempi merkitys. Se antoi hänen koko olemassaol011een merkityksen tunnetta.

Työpäivä loppui, Juha jäi hetkeksi työpisteelleen istumaan pitäen silmiään kiinni. Hän nousi hitaasti tuolilta ja huomasi aina niin tyylikkäästi pukeutuneen hienon herrasmiehen, Markun, osaston pomon kävelevän häntä kohti. "Juha, hei! Sua mä etsinkin."
"Hei", Juha sanoi pomolleen, asiakaspalvelun ylimmälle johtajalle.
"Tämmönen juttu." Hän ojensi Juhalle paperin, joka tuli Juhalle yllätyksenä.
"Ennen kun syvennyt siihen, niin mä haluan sanoa, että mä olen pahoillani."

Juhan teki mieli kaatua lattialle ja jäädä siihen makaamaan. Hänet oltiin juuri erotettu.
"Tällaisen uutisen jälkeen on toi työmotivaatio varmaan sen verran nollissa, että sä et varmaan tänne... Vai mitä? Irtisanomisaika on sun tapauksessa sen neljätoista päivää, ja me vähän mietittiin..."
"Joo. En tule enää töihin", keskeytti Juha.

50

Markku pahoitteli vielä kerran ja pyysi Juhalta tämän avainkorttia. Juha ojensi kortin Markulle ja nosti reppunsa lattialta. He kävelivät yhdessä hissille, jonka luona Markku toivotti Juhalle teennäisen säälivästi hymyillen hyvää jatkoa, johon Juha sanoi, että "kiitos samoin". Hänen teki mieli loukata Markkua, mutta se olisi ollut hänen mielestään turhaa.

Modernia tyyliä ja kapitalistista tehokkuutta edustavasta, julkisivultaan lasisesta sekä metallisesta rakennuksesta poistuessaan, Juhaa ei kyennyt ajattelemaan selkeästi. Hän ei ollut koskaan uskonut tämän päivän koittavan. Hän oli työtön. Lähellä oli onneksi pieni päivittäistavarakauppa, josta Juha päätti käydä ostamassa olutta. Alkoholin avulla hän pääsisi eroon viheliäisestä ja karusta harmin tunteesta. Hänen suutaan kuivasi ja hänen oli hetkittäin vaikea hengittää, eikä hän osannut edes ajatella, mitä tällaisessa tilanteessa kuuluisi tehdä. Paitsi ostaa olutta.

Juha oli fyysisesti ja henkisesti aivan loppu. Hän oli juonut puolen vuoden ajan joka päivä ja töissäkin oli pitänyt käydä, mikä väsytti häntä entisestään. Juha saisi vielä kuukauden palkan, niin Markun hänelle ojentamassa lapussa oli lukenut. Firman oli tehtävä henkilöstöleikkauksia, ja Juha oli valikoitunut irtisanottavaksi, koska oli ollut muihin verrattuna niin lyhyen aikaa heillä töissä. Teksti oli kirjoitettu lakitermein tavalla, joka oli Juhalle vierasta. Hänen mielestään teksti oli pelkkää sontaa. Tänään Juha ei menisi suoraan bussipysäkille, vaan kävelisi kilometrin matkan

51

kaupungin keskustaan järven rantaan ja joisi siellä muutaman oluen. Hän käveli kaupasta päästyään läheiseen pensaiden ympäröimään puistoon ja otti ympärilleen vilkuillen repustaan tölkin, juoden sen nopeasti tyhjäksi. Hän otti toisen tölkin ja teki samoin. Hän laittoi kuulokkeet päähän ja musiikin soimaan. Tänään hän joisi niin, että olisi sekaisin. Niin sekaisin, että ei muistaisi illasta mitään.

Juha käveli keskustaan ja saapui järven rantaan, joka oli täynnä kesäisestä ilmasta nauttivia nuoria, joten hän päätti ottaa toisen suunnan. Juha käveli lähimpään viinakauppaan. Sieltä hän sai mukaansa pullollisen halpaa punaviiniä, pienen viskipullon sekä ison laatikollisen olutta. Näillä eväillä hän pärjäisi muutaman vuorokauden. Juha matkasi bussilla kotiinsa ja kohta hän istui olohuoneen sohvalla juuri ostamiaan juomia nauttien. Iso huikka viskistä sai hänet irvistämään. Hän lähetti Sinille viestin, jossa luki: "Sain potkut töistä, enkä ota residenssiini vastaan ketään pariin päivään. Mitäs sulla viikonloppuna?"
Siniltä tuli hetken päästä viesti: "Okei, koita jaksaa. Olen viikonlopun kiinni töissä, tavataanko alkuviikosta?"
Juha vastasi: "Tehdään niin."

Juha lähetti myös Antille viestin, jossa luki, että hänellä oli viikonloppu auki ja kysyi, kelpaisiko Antille katkera työnsä menettänyt hahmo seuraksi. Juha tiesi Antin olevan töissä, hän vastaisi myöhemmin.

7.

Oli perjantai. Pari päivää oli kulunut lempeässä pimeydessä. Juha käveli kohti Antin kotia tupakkaa polttaen ja viskipulloa toisessa kädessä pitäen. hänellä oli yllään musta puku ja tennarit. Kravattia Juhalla ei ollut, eikä hän sellaista osannut edes solmia. Antin pomolla, Nöörillä, oli syntymäpäiväjuhlat, ja Juha oli saanut luvan saapua juhlien jatkoille laillistetuksi kuokkavieraaksi, kunhan hänellä olisi päivänsankarille kunnollinen lahja. Juha ei ollut keksinyt alkoholin vaikutuksen alaisena mitään muuta, kuin hankkia pullollisen liian kallista viskiä. Viskiä, jota hänen mielestään annettiin ihmisille lahjaksi, kun oli isompi juhlan aihe.

Pullon nähdessään Antti haukkui Juhan leikillään siaksi. "Mun seuraavana syntymäpäivänä mä saan sulta tuollaisen", Antti sanoi. "Tänään sitten, Juha-poitsu, unohdetaan murheet ja ihmetellään insinööriä ja sen tuttavakuntaa. On siellä meitä alempiakin. Ollaan sitten ihan kiltisti. Hyvä poika, noiin otappa tuosta, tämä tekee hyvää."
Juhaa nauratti Antin pelleily ja otti suuhunsa Antin sinne yllätyksellisesti haarukalla työntämää silliä, joka maistui Juha mielestä kamalalta. Antti oli hyvää lääkettä hänen vaivoihinsa, Antti osasi vaihtaa vapaalle.

Juha maksoi taksin, ja miehet nousivat autosta. Päivänsankarin ja hänen vaimonsa kaksikerroksisen, punatiilisen omakotitalon etupihalla seisoi muutama

53

Juhalle ja Antille tuntematon ihminen tupakoimassa. Juha päätti jäädä etupihalle ja sytytti tupakan. Antti suuntasi suoraan sisälle taloon, ja jokainen pihalla kuuli hänen äänekkäät tervehdykset: "Nööri, saatanan äijä! Onnittelut! neljäkymmentäyhdeksän, voi perse! Toinen jalka haudassa!" Juhaa tämä hymyilytti, mutta muut pihalla seisoskelleet vaikuttivat lähinnä ärsyyntyneiltä ja katsoivat toisiaan ihmeissään.

"Keitäs te kaksi olette?" kysyi tukeva, parrakas mies, joka puhui ruotsalaisittain korostaen.
"Antti on päivänsankarin töistä ja minä olen jatkojen laillistettu kuokkavieras", Juha sanoi.
Juha näytti ostamaansa pulloa todeten, että joutuisi lahjomaan isäntäväen pullolla, jotta pääsisi osallistumaan juhliin. Miehet totesivat, että Juhalla on hyvä maku viinaksien suhteen.
"Mitä teet työksesi?" kysyi Juhaa puhutellut mies.
"Sain juuri potkut elektroniikkajätin nettiasiakaspalvelusta", Juha sanoi ja yllätyksekseen huomasi, että oli kyennyt sanomaan sen ilman suurempaa harmin tunnetta.
"Ikävä juttu, toivottavasti löydät jotain tilalle. Me olemme sen meidän päivänsankariveijarin entisiä opiskelukavereita."
"Olette siis insinöörejä?" Juha kysyi.
"Kyllä, ollaan ihan vaan perusinssejä. Meitä ei sitten nööreiksi kutsuta, niin kuin sitä kommunistia, jonka juhliin juuri saavuit. Se on ihan vaan Nööri, vaimonsakin sanoo sitä Nööriksi."

"Okei", Juha sanoi ja laittoi nopeasti polttamansa tupakan jämän tuhkakupin virkaa toimittavaan suolakurkkupurkkiin ja suuntasi sisälle taloon. Talo oli tyylikäs ja se oli sisustettu kotoisaan tyyliin. Ikkunassa oli kukkaverhot ja olohuoneessa mukavan oloinen sohvaryhmä nojatuoleineen.

Juhlien jatkot olivat jo hyvässä vauhdissa. Illan isäntä saapui Juhan luokse melkein juosten ja toivotti hänet tervetulleeksi. "Minä olen se Nööri ja tarina pullosta on kuin onkin totta." Hän otti pullon Juhan kädestä ja sanoi: "Minä sain sinulta hienon lahjan, joten sinä syöt ja juot minun ja vaimoni piikkiin niin paljon, kuin haluat, nuori mies".
Nööri oli erikoinen ihminen. Hänellä oli yllään musta puku, jonka rintataskussa komeili tummanpunainen liina. Hänellä oli kaulassaa tummanpunainen rusetti. Nööri pahoitteli, että vaimonsa oli kadonnut ja vitsaili hänen varmaan olevan meikkaamassa tai virkkaamassa. Hiuksia Nöörillä oli vähän ja hänellä oli leuassaan pujoparta.

Juha kiitti, että oli saanut tulla juhliin ja sanoi, että oli juuri tajunnut olevansa ihan oikea kuokkavieras.
"Äh, juhlitaan kun on juhlat! Ei täällä kaikkia toisiaan tunne, sekaan vaan", Nööri mölysi vasemmalla kädellään huitoen oikeassa kädessään Juhan hänelle tuoma pullo. Tämä kummallinen mies poistui olohuoneen läpi takapihalle yhtä nopeasti kuin oli Juhan eteen ilmestynytkin.

55

Juha päätyi suureen keittiöön ja jäi vastailemaan Nöörin ystävien kysymyksiin. Juha oli juuri kertonut olevansa parisuhteessa omasta mielestään liian hyvän yksilön kanssa, kun Antti saapui keittiöön ja sanoi: "Tuossa sulle, Juha, herkkua. Avattiin se pullo ja tajusin juuri, että rikkaiden puheet eivät olekaan pelkkää satua. Maista nyt, hitto soikoon, sitä pehmeää, silkkistä ja niin kauniin väristä viskiä".

"Voi noita miehiä", totesi yksi naisista hullulla tuulella olleen Antin poistuttua keittiöstä. Hän jatkoi: "Löytäisi Anttikin jonkun, kun näkee ihan selvästi, että sillä on ihan hirveä naisen kaipuu."
Juha tiesi naisten olevan oikeita noitia tunneasioiden suhteen ja seisoi paikoillaan kiltisti hymyillen. Naisten seurassa Juha tuli usein ulos kuorestaan, jos hän ei ollut kovassa humalassa. Häntä sanottiin kauniiksi pojaksi, josta Juha kiitti kaikkia "leidejä", jotka esittivät kiusallaan Juhalle loukkaantunutta ja sanoivat olevansa ihan vaan rouvia. Juha huomasi pitävänsä kädessään muovimukia, jossa oli hänen Nöörille ostamaa juomaa ja maistoi sitä. Juoma oli Juhan mielestä viskiksi maukasta, mutta ei muuten Juhan mieleen. Hän otti pöydältä oluen ja poistui naisten kehotuksesta takapihalle tapaamaan muita ihmisiä. Kauniiksi pojaksi kutsutuksi tuleminen oli ollut Juhan mielestä mukavaa ja hän tunsi hetken oikeaksi playboyksi. Hän ei täysin ymmärtänyt, että hänet oltiin lumottu itsetuntoa vahvistavalla loitsulla.

Takapihan nurmikolla oli menossa äänekäs petanque-peli, jota pelasivat vastakkain kommunistit ja maltilliset kapitalistit. Nainen, joka kertoi Juhalle kyseisen tapahtuman kulusta, oli maltillisten kapitalistien joukkueenjohtajan vaimo. Juha osoitti kommunistien joukkueessa pelaavaa Anttia ja sanoi tulleensa juhliin hänen kanssaan, mutta ei ollut hänen vaimonsa. Raijaksi itsensä esitellyt nainen totesi Antin olevan juhlien hulluin mies ja lisäsi, että Antissa oli jotain erityistä. Juha ei huomannut puhuvansa ohi suunsa kertoessaan, että joku oli ollut sitä mieltä, että Antilla oli naisen kaipuu.

"Kun häntä nyt vähän tarkemmalla silmällä katsoo, niin tottahan tuo on. Mahtaako sinulla olla tupakkaa", hän kysyi.

Juha otti povitaskusta askin, josta tarjosi Raijalle kaksi savuketta.

"Jaa, että toisellekin jalalle. Kiitos", Raija sanoi.

"Ole hyvä", sanoi Juha ja tarjosi hänelle tulta.

Juhlat olivat hauskat, mutta Juha ei kyennyt täysin rentoutumaan. Hän ei uskaltanut juodakaan niin paljon, kuin hänen teki mieli, koska pelkäsi koko ajan sanovansa tai tekevänsä jotain typerää. Juha mietti jatkuvasti pitäisiköhän hänen poistua ja että kuinka kauan hän saisi viettää juhlissa aikaa. Hän mietti, että oliko jokin sääntö koskien tällaisia tilanteita. Sääntö, jota hän ei tiennyt. Hän meni lopulta ilmoittamaan Antille, että hänen taisi olla nyt aika lähteä kotiin, johon Antti sanoi että "höpsis" ja talutti Juhan keittiöön, jossa juotti Juhalle ison lasillisen viiniä. Antti sanoi, että Nöörillä oli mahtava viinapää, ja että moni juhlavieras pelkäsi krapulaa niin paljon, että heitä oli juuri poistumassa useampi. Antin mielestä Juhan vielä sopinut lähteä.

Ihmisiä oli jo kadonnut, mutta moni oli jäänyt uteliaisuuttaan seuraamaan mitä jatkoilla tapahtuisi. Antin mielestä Juha oli hieno nuori mies, mutta nyt hän jännitti liikaa. Antti kaatoi Juhalle toisen lasillisen viiniä ja sanoi hänen olevan oikein kiltti poika. He kävelivät yhdessä takapihalle ja löysivät Nöörin.

"Saako tämä yksi olla täällä niin kauan kuin minäkin? Asutaan ihan toistemme naapurissa ja mentäisiin samalla taksilla kotiin", sanoi Antti.

"Tottakai, Juha kuuluu jo kalustoon. Oli helvetin hyvää viinaa, saakelin jäppinen".

"Kiitos", Juha sanoi.

Nööri ohjasi Juhan ja Antin pihamaan läpi istumaan suuren puun alle sijoitetulle penkille.

"Nyt on kuulkaa sellainen juttu, että meille, myös viinantuojalle, on varattu mökki. Me lähdetään sinne tuossa tunnin kuluttua. Ruokaa ja juomaa on. Antti rakas ja sinä Juha, ystävä kulta, lähdette sinne meidän kanssa vielä istumaan iltaa", soperi Nööri.

Antti oli kutsutusta erityisen mielissään, kuten myös Juha.

"Tottakai, kiitos paljon", Antti kiitteli.

Juhakin sanoi: "Kyllä, kiitos. Jos siitä ei ole mitään haittaa?"

"Päinvastoin, Juha", Nööri sanoi rauhoittavalla äänellä.

Juha, Antti ja kolme muuta miestä istuivat toiseen juhlatalon etupihalle tilatuista tilatakseista ja etupenkin valloittanut Antti sanoi kuskille: "Seuraa edellä kulkevaa autoa".

Kuskia tämä ei naurattanut, vaan hän halusi tietää, minne joukkio oli menossa.

Antti oli taas äänessä: "Lomakeskus Telkänpesään, kiitos. Ja anteeksi olen vaan koko elämäni halunnut sanoa ne neljä sanaa. Olen tainnut katsoa liikaa elokuvia."

Kuski sanoi kuulleensa ensimmäisen kahden vuoden aikana kaikki vitsit ja ajoi taksia nyt seitsemättä vuotta. Hän totesi homman olevan "ihan hyvä keikka, kunhan vaan keikkaa pukkasi".

Antti totesi kuulleensa tuo vitsin jo ajat sitten. Kuskia nauratti ja hän totesi Antille, että heidän olisi oltava tovereita ja lopetettava vitsailu. "Me olemme kaksi huumorintajutonta herraa, joiden pitää keskittyä enemmänkin elämän perusasioihin, kun vitsin vääntäminen on meille niin vaikeaa", sanoi kuski.

Antti oli täysin samaa mieltä ja hiljeni.

Kuski laittoi radiosta vanhan suomalaisen iskelmämusiikin soimaan. Juha oli sitä mieltä, että iskelmämusiikki oli täsmätuote, joka oltiin suunniteltu menemään ihmisen hermoon tämän huomaamatta. Hän oli vakuuttunut, että Jumala oli suunnitellut iskelmän juuri sitä varten, että ihminen saisi tuntea olonsa rakastavaksi, mutta silti vakaaksi olennoksi. Rakastavaa ja välittävää, kontrolloidun intohimoista.

59

Maisemat järvineen, metsineen ja peltoineen vilistivät ikkunassa. Kun Juha katsoi autosta ulos, hän totesi mielessään, että jos saisi asiansa kuntoon, hän tekisi jonkinlaisen reissun. Hän ei välttämättä kävisi kovinkaan kaukana, mutta edes jossain. Juha tunsi jämähtäneensä kaupunkiin, eikä jostain syystä ollut käynyt missään neljään vuoteen. Kukaan ei ollut häntä mihinkään pyytänyt, eikä häntä ollut edes kiinnostanut missään käydäkään. Hän mietti Siniä ja sitä, että he taisivat olla ihan oikea pari. Juhaa stressasi seurustelu. Hän koki parisuhteen jonkinlaisena suorituksena, vaikka juuri sellainen oli hänen mielestään järjetöntä, koska seurustelusuhteen ei kuulunut olla väkinäistä toimintaa, vaan aitoa ja rakastavaa yhdessäoloa ja toisen kanssa elämänsä jakamista. Olihan Sinikin sanonut hänelle, että olisivat ihan vaan omat itsensä. Juhan mielestä oli parempi seurustella, kuin olla yksin. Hän välitti Sinistä ja toivoi, että he olisivat aina ystäviä, vaikka eroaisivatkin. Juha toivoi riittävänsä Sinille —ihan loppuun asti.

Auto kääntyi noin kahdenkymmenen minuutin kuluttua pienelle metsätielle. Juhalla ei ollut juuri nyt mitään käsitystä siitä, missä he olivat. He saapuivat suureen pihaan, josta avautui puiden lävitse näkymä pienelle järvelle. Kaikki nousivat autoista ja Nööri saapui maksamaan toisen kyydin. Antti oli sammunut etupenkille, eikä häntä saatu hereille, joten Juha ja yksi miehistä kantoivat Antin sisään taloon ja asettelivat hänet kyljelleen sohvalle makaamaan.
"Levätköön siinä hetken", itsensä esittelemättä jättänyt mies sanoi.

Sisälle saapui lomakeskuksen henkilökuntaan kuuluva nuori nainen, joka toivotti kaikki tervetulleiksi Telkänpesään. Hän sanoi, että miesten oli varmaan parasta käydä heti ruoan kimppuun, kun se oli vielä lämmintä. Mökkiin tuotiin kahden keittiön työntekijän toimesta ruokaa. Pöytä täyttyi hampurilaisista, paahtopaistista, kulhollisesta perunoita sekä herkkuleivistä. Tarjolla oli myös salaattia. Juha suunnisti kohti ruokapöytää.

Nöörin ystävät vaativat saada laulaa illan juhlakalulle laulun.
"Hän on mainio mies
Hän on mainio mies
Hän on mainio mies
Ja kaikki sen ties!"
He lauloivat vielä toisen kierroksen ja pitivät pienen puheen Nöörin kunniaksi, kuin kiduttaen äärimmäisen nälkäistä Juhaa, joka ei osannut ajatella mitään muuta, kuin olutta ja hampurilaista. Puhe saatiin päätökseen ja miehet istuivat pöydän ääreen.
"Noniin Juha", sanoi mies, jonka kanssa hän oli kantanut Anttia ja kysyi: "Mikäs olet miehiäsi? Kuultiin, että jäit juuri työttömäksi, pitääkö paikkansa?"
"Kyllä, jouduin henkilöstöleikkausten uhriksi. Sanottiin vaan että olen ollut töissä vähemmän aikaa, kuin muut. Että pois vaan."
"Jaahas", sanoi samainen mies. "Eiköhän ne asiat järjesty."

Kaikki olivat sitä mieltä, että asioilla oli tapana seljetä. Juha odottaisi vaan, niin hyvällä Jumalalla olisi vielä varmasti tarjota jotain hyvää hänellekin. Miehet jatkoivat syömistä ja kiittelivät Nööriä mahtavasta ateriasta.

Antti havahtui ja kysyi, olivatko he perillä. "Kyllä, herra uninen", sanoi Nööri ja kutsui Antin pöytään, mutta Antti kellahti kyljelleen ja jatkoi sammuneena olemista. Nööri laittoi Antille ruoka-annoksen jääkaappiin, koska tunsi miehen ja tiesi, että hänellä saattaisi olla muutaman tunnin sisällä nälkä.

Telkänpesässä saunottiin, uitiin, syötiin ja juotiin. Kaikki nauttivat olostaan, ja uteliaisuus Juhaa kohtaan jatkui koko yön aamuyöhön asti. Juha oli kertonut rehellisesti elämästään, myös juomisestaan sekä parisuhteestaan naiseen, joka oli hänen mielestään hänelle aivan liian hyvä. Juha kuuli monta kertaa sanottavan, että oli hieno mies. Hänen kuitenkin tulisi olla alkoholin suhteen viisaampi, kun kerta mielellään yksinkin joi.

Kaksi miehistä sekä Nööri totesivat, että hekin ovat viinamäen miehiä. Elämä alkoholin kanssa oli heidän mielestään taitolaji. Siinä hommassa ei saanut valehdella itselleen. Siinä kun tykkäsi ottaa. Elämä, jossa on perso viinaksille oli erään mielestä asiallisimmillaan sellaista, että jatkuvasti muistutti itselleen olevansa alkoholisti, joka ei nauttinut liiasta itsensä kiduttamisesta kumpaankaan suuntaan. Ei nimittäin saanut olla ottamatta, mutta piti myös muistaa ottaa. Eikä saanut ottaa kerralla liikaa, jotta ei päätyisi sammumaan mihinkään erikoiseen paikkaan, tai muuten vaan olemaan kenenkään riesana. Piti osata pitää viikonkin mittaisia taukoja ja sen lisäksi osata olla alkoholijuomien suhteen nautinnonhaluinen. Mikään ihmelääke tai elämän eliksiiri alkoholi ei ollut, eikä se saanut olla elämäntapa, vaan useimmiten pientä rentoutumista ja toisinaan juhlajuoman pääraaka-aine.

Nöörin mielestä viinakset olivat monelle kylläkin "huono homma" ja lähes jokaiselle korkin avanneelle jonkin sortin alamäkeä. Hän sanoi myöntävänsä, että hän joskus vihasi itseään juomisen takia. Krapulatkin tulivat vanhetessa joidenkin kohdalla niin äärimmäisen raskaiksi, että niistä selviäminen vaati todellista sisukkuutta.

Antti saatiin hereille ja hänet saatiin myös syömään, mikä vahvisti hänen oloaan. Kaikki olivat hyvin tarkkoja sen suhteen, että hän ei juonut mitään olutta vahvempaa. Hän pahoitteli sammumistaan, mutta kaikki olivat vain iloisia, että hän oli nyt hereillä ja jakoi hauskan illan ystävien kanssa. Jatkojen jatkoiksi nimetyt juhlat loppuivat pari tuntia Antin heräämisen jälkeen, ja herrat kiisivät kahdella taksilla aikaisin aamulla kaupunkiin. Juha oli kiitollinen Nöörille ja hänen ystävilleen illasta. Vielä taksista noustessaan hän kiitti, jonka jälkeen paineli kotiinsa nukkumaan.

8.

Kului muutama päivä, Juha sai puhelimeensa Antilta viestin. Viestissä oli numero, johon soittamalla Juha saattaisi saada töitä. Eräs Nöörin vanhoista opiskelukavereista, Pertti, oli luvannut antaa Juhalle tilaisuuden näyttää, mikä oli miehiään ja järjestänyt sukulaismiehen firmasta Juhalle työhaastattelun. Kyseessä oli mainosalan yritys nimeltä Hypnoosi, jossa oli tarvetta assistentille.

Sini oli sitä mieltä, että Juhalla olisi nyt oivallinen mahdollisuus saada asiansa kuntoon. Juha oli säikähtänyt, että hänestä tulisi "neiti sihteeri", mikä nauratti Siniä, joka sanoi että nykyään "assarin hommiin" saattoi päätyä mieskin.
"Etkä sä mikään äijä olekaan", Sini sanoi jatkaen nauramista.

Juha odotti, että hänen päänsä hieman selviäisi ja soitti Antilta saamaansa numeroon. Puhelimeen vastasi vanhempi nainen, jolle Juha esitteli itsensä ja kertoi olevansa työnhakuasialla.
"Ootko sä se Pertin poka?"
"Juu taidan olla... Siis olen", Juha vastasi.
"Hyvä, odota hetki."

Puhelu ohjattiin firman henkilöstövastaavalle, joka ilmoitti, että Juhan pitäisi tulla huomenna käymään heillä. Juhalle kerrottiin osoite, yritys sijaitsi aivan hänen entisen työpaikan lähistöllä. Juhan luona käymässä ollut

64

Sini sanoi, että heidän olisi heti lähdettävä hankkimaan Juhalle uutta pikkutakkia ja jotain muuta työhaastattelua varten.

Juha ja Sini olivat jutelleet vakavasti. Sini oli sanonut haluavansa olla Juhan nainen, mutta kaipasi myös omaa rauhaa. Hän teki paljon töitä ja hänellä oli siksi tarvetta lepoon. Juha ymmärsi tämän ja oli todennut, että myös hänellä oli tarvetta omalle ajalle. Juha oli kertonut olevansa pitkään jatkuneen juomisen takia melko väsynyt ja olisi tosissaan vähentämässä alkoholin käyttöä. Sini ymmärsi, että Juhan teki mieli välillä juoda olutta ja oli iloinen hänen ryhtiliikepuheistaan. Sini oli kuitenkin nähnyt ja kokenut sen, mitä huumaavat aineet saivat käyttäjissään aikaan, joten suhtautui Juhan puheisiin varauksella. Päihteiden käyttäjillä oli tapana valehdella itselleen ja muille. Varsinkin silloin, kun olivat lopettamassa, vähentämässä tai kokeneet jonkinlaisen valaistumisen, joka oli johdattava käyttäjän uuteen, päihteettömään elämään.

Juha puki ylleen seuraavana aamuna Sinin kanssa hankkimansa vaaleansinisen kauluspaidan sekä vaaleanruskean pikkutakin ja tunsi olonsa itsevarmaksi. Juhasta tuntui, että hän pystyisi luottamaan Nöörin ystäviin. Sinin kanssa vietetty yö oli myös lisännyt Juhan itsevarmuutta, olivathan he harjoittaneet seksiä eilen pariin otteeseen. Seksi Juhan ja Sinin välillä toimi hyvin. Juha oli Sinille niin erityinen ihminen, että se nosti Juhan arvoa parittelukumppanina. Sini myös aisti, kuinka paljon Juha Siniä halusi ja kuinka paljon Juha hänestä välitti, mikä lisäsi Sinin nautintoa. Juha tosiaan rakasti Siniä, se tuntui Sinistä erityisen hyvältä.

Juha odotti työhaastattelua jännittyneenä. Hän oli saapunut mainostoimiston tyylikkäisiin tiloihin pariakymmentä minuuttia vaille kymmenen. Kaikkialla oli ihmisiä, lähes jokainen tervehti Juhaa. Kello oli kymmentä vaille kymmenen, ja Juha kutsuttiin toimistoon.

Vaaleaan pikkutakkiin pukeutunut viisikymppinen mies, joka esitteli itsensä Juhaniksi, aloitti: "Noniin, kaimapoika. Sä kun olet jo täällä niin voidaan aloittaa hieman aikaisemmin."

"Kiitos tästä tilaisuudesta", Juha sanoi.

"Ole hyvä, hyvä homma. Olisi töistä puutetta ja edellisessä paikassa kävi leikkuri. Olenko ymmärtänyt oikein?"

"Kyllä, näin on", Juha sanoi ja ojensi repustaan CV:nsä Juhanille.

"Kiitos", sanoi Juhani ja vilkaisi Juhalta saamaansa paperia. "Se on sellainen juttu, että meillä olisi sulle pikku homma näin aluksi."

"Kiitos paljon", Juha sanoi jopa hieman liikuttuneena.

"Hyvä. Sä tiedät mainoksista jotain?"

"No joo. Sehän on kaupallisen taiteen lajityyppi, jossa pyritään saamaan ihminen kiinnostumaan jostain tuotteesta…"

"Tai asiasta, ideasta ja niin edelleen", sanoi Juhani keskeyttäen Juhan puheen. "No pidätkö mainoksista?"

66

"Kyllä. Muistan, että lapsena mainokset olivat mun mielestä television parasta antia", Juha sanoi hieman hymyillen.

"Onko niin? No hyvä. Täällä meillä lopputuote on hyvä mainos. Sellainen, että se naurattaa tai ärsyttää kohdettaan siten, että se muistaa mainostettavan tuotteen mielellään vaikka koko loppuikänsä." Juhani naurahti. "Toi kaupallisen taiteen lajityyppi oli hyvä lohkaisu."

Juha nyökytteli hymyillen kuin idiootti. Hän oli valmis vaikka nuolemaan Juhanin kenkiä saadakseen työpaikan.

"Joo. Aloitat ensi viikon maanantaina. Me kirjoitetaan silloin paperit ihan ensiksi ja sitten alkaa perehdytys, joka kestää kaksi päivää. Palkka alkaa juoksemaan maanantaista ja kuun viimeinen on palkkapäivä. Palkkaa ei kinuta etukäteen ja tollasissa tamineissa tulet tänne myös jatkossa. Onko selvä?"

"Kyllä, kiitos paljon", Juha sanoi.

"Nyt voi nousta. Kiitos sulle, Juha. Me pidetään susta huolta", Juhani sanoi ystävällisellä äänensävyllä.

Juha käveli ulos talosta, jossa mainostoimisto sijaitsi ja tunsi olonsa huojentuneeksi. Hän ei kokenut olevansa vain itsevarma, vaan hänellä oli kehossaan euforinen tunne. Hupparien aikakausi oli ohi, joten Juha suuntasi keskustan ostoskeskukseen hankkimaan pari pikkutakkia, muutaman kauluspaidan, sekä housut tai kahdet. Nämä Juha maksaisi luottokortilla, joka hänellä oli sitä varten, että hänen ei tarvitsisi pyytää keneltäkään rahaa lainaksi. Hän sai vaatteet ostettua ja suuntasi keskustaan bussiasemalle, joka oli täynnä ihmisiä.

Sini oli töissä, joten Juha laittoi hänelle viestin, jossa kertoi olevansa "maailman paras jätkä". Sen lisäksi hän oli saanut työpaikan. Siniltä kilahti Juhan puhelimeen viesti, jossa hän onnitteli Juhaa. Juhan mielen ja kehon täyttänyt hyvä olo oli muuttumassa innostukseksi ja hän päätti työllistymisensä kunniaksi hakea lähikaupasta laatikollisen olutta.

9.

Tuli perjantai ja sen mukana Antilta viesti, jossa luki:
"Huomenna olisi juhlat tiedossa. Nööri ja hänen pari
ystäväänsä ovat päättäneet, että elämä oli liian lyhyt
haaskattavaksi   pelkkään   työhön   ja   lasten
kasvattamiseen jne. roskaan, joten on tullut aika juhlia
teemalla olemme elossa." Juha oli kutsusta mielissään
ja lähti hakemaan viemisiksi pari pullollista punaviiniä.
Hintakatto olisi tällä kertaa matalampi, kuin viskilahjan
kohdalla,   mutta   missään   nimessä   hän   ei   ostaisi
huonolaatuista tavaraa.

Juha sai pullot ostettua ja oli tyytyväinen. Hän oli
Nöörille ja hänen ystävilleen niin kiitollinen uuden
työpaikan johdosta, että olisi voinut viedä heille vaikka
viisi pullollista viiniä, mutta ajatteli, että kaksi varmaan
olisi sopivasti liikaa.

Juha ja Antti saapuivat Nöörin ystävän kotitalon pihaan
Sinin kyydillä. Sini tuli Juhan ja Antin kanssa
juhlapaikalle käymään ja ilmoitti häntä sekä Juhaa
ihastelevalle naisväelle, että pidempi juhlissa olo ei tulisi
hänen kohdallaan kuuloonkaan. Sini totesi tulleensa
vain esittäytymään ja ilmoitti, että joutuisi melkein heti
poistumaan, jotta pääsisi tarpeeksi aikaisin nukkumaan.
Hänellä olisi huomenna työpäivä.
"Kyllähän kaunis Sini-neiti nyt edes teetä meidän kanssa
juo", Nöörin vaimo sanoi.
"Tottakai, kiitos", Sini sanoi.

Juhlissa oli Juhan mielestä mukavaa, niin kauan kuin iloa hänelle kesti. Hän nautti olostaan ja ihmisten seurasta, mutta häntä huolestutti Antti, joka ei ollut tällä kertaa oma itsensä. Tunnin verran Antti jaksoi esittää iloista veikkoa. Hän lopulta yhtäkkiä, kaikkien yllätykseksi, sanoi Nööriä homoksi ja päästi kaikkien juhlavieraiden läsnä ollessa kovaäänisen pierun ja toisenkin. Ne olivat typeryyden ja katkeruuden aikaansaamia pieruja ja homottelu kertoi Antin keskenkasvuisuudesta. Siitäkin huolimatta, että Antti oli etiketiltään rajoittunut, hän kykeni itsekin ymmärtämään, että oli ylittänyt jonkinlaisen rajan, joten käveli ulos talosta. Juha esitti pahoittelut juhlaväelle ja juoksi Antin perään.

"Anna mun hävetä mun alemmuutta rauhassa", Antti sanoi raivoissaan.

Juha ei meinannut kyetä ymmärtämään, että Anttia harmitti se, että hän oli statukseltaan pelkkä työläinen. Antti oli vielä kaiken lisäksi lukenut itsensä vapaa-ajallaan jonkin sortin kommunistiksi ja oli loputtoman pettynyt siihen, että hänelle ei ollut maailma antanut parempaa ammattia, naista tai ylempää makua. Antti oli monen silmään hyvä peittämään pettymyksensä maailmaa kohtaan, mutta moni kyllä tiesi, mikä katkera ja kateellinen show tämä mies oli. Antista tuntui, että hän auttoi jokaista, mutta kukaan ei auttanut häntä. Antti sanoi perässään kävelevälle Juhalle: "Tulitko hieromaan naamaan sitä, että en ole tarpeeksi hieno noihin bileisiin?"

70

"En", Juha sanoi. "Tulin katsomaan että kaikkien rakastama hullu on kunnossa. Milloin sä tajuat, että mäkin olen ihan pohjasakkaa? Ei sillä nyt niin paljoa väliä ole. Missä se tollasiin asioihin välinpitämättömästi suhtautuva tyyppi on? Missä on se tosi hyvä jätkä, jonka kanssa kaikki haluaa juoda kaljaa?"

Antti pysähtyi. "Niin, hulluhan mä olen. Ja pohjasakkaa. Jättäkää mut joksikin aikaa rauhaan, mä tarvitsen sitä."

"Okei, jos sä tahdot sitä. Mutta muista, että moni oikeasti välittää susta. Eli ei yhteydenottoja kuinka pitkään aikaan?" Juha kysyi.

"Vuoteen", Antti vastasi tylysti ja pysähtyi turhautuneen oloisena huokaisten ja taivaalle vilkaisten. "Okei, mennäänkö yhdessä mun kämpälle, mun mukavuusalueelle?"

"Tottakai, mielellään", Juha sanoi.

Miehet kävelivät hiljaisina kohti bussipysäkkiä. Juhaa huvitti Antin ääliömäinen moka, mutta kykeni olemaan nauramatta. Hän toivoi mielessään, että homottelu tai piereskely ei vaikuttaisi häneen. Olihan Juha nyt Nöörin tuttujen yrityksessä töissä.

Seikkailtuaan jonkin aikaa kahdella bussilla ja käveltyään muutaman sata metriä Juha ja Antti päätyivät pieneen vaaleansiniseen kerrostaloon. Juha ja Antti saapuivat Antin kodin ovelle.

"Saako olla pilveä?" Antti kysyi.

"Joo, nyt menee", sanoi humalastaan hieman selvinnyt Juha.

"Siinä tapauksessa saat tulla sisään", Antti murahti.

71

Jonkin ajan kuluttua Juha makasi Antin kodin sohvalla ja oli jossain muualla, nimittäin Antin katsottavaksi vaatiman elokuvan maailmassa. Juha oli ollut elokuvan alusta lähtien varma, että Antti yritti saada hänet menettämään järkensä. He katsoivat elokuvaa matemaattisesti äärimmäisen lahjakkaasta miehestä, joka osasi ennustaa pörssitapahtumia ja rakensi omaa supertietokonetta. Juha oli vakuuttunut, että Antti oli valinnut elokuvan yrittääkseen sanoa Juhalle, että hänkin osasi ajatella.

Myös vahvasti kannabiksen vaikutuksen alaisena oleva Antti aloitti: "Mä en ole mikään tyhmä. Mä saatan olla työläinen, mutta en tyhmä."
"En mä sua tyhmänä pitänytkään", Juha sanoi hieman loukkaantuneena. "Mä taas olen tyhmä ja huoraan perverssille kapitalistille kuin tyhmä koira. Mä myin sieluni saatanalle ja mä olen ihan vitunmoinen huora. Minä olen huora! Huora!" Juha huusi. "Mä en ole sentään niin kateellinen ihmisille tai suuttunut tälle systeemille, että alkaisin palvomaan aatetta, joka on pelkkää katkeruutta siitä, että ei kuulu yhteiskunnan ylimpiin, jos ymmärrät, mitä tarkoitan?"

Antti hämmästyi Juhan kommentista. Hän koki aliarvioineensa Juhan. Salaviisas pikkulapsi olikin jotain muuta, kuin vain hämmentynyt isätön pentu, jona hän oli Juhaa pitänyt. Hän oli kokenut tuntevansa Juhan hänen elämänvaiheineen ja oli nyt pettynyt itseensä, koska tajusi olleensa Juhan suhteen väärässä.

"Mäkin osaan ajatella", Juha sanoi ja totesi: "Mä taidan lähteä kotiin, kun olen niin helvetin sekaisin. Pääsit musta nyt sitten eroon. Ja olisit laittanut pyörimään elokuvan Albert Einsteinista, niin olisin minäkin tajunnut, mikä nero olet."

Antti oli hetken hiljaa ja sanoi: "Mä en kestä ilman seuraa, sä puhut kuin sekopää. Meidän täytyy ihan oikeasti lopettaa telepaattinen kommunikointi ja olla samoja vanhoja ystäviä, kuin aikaisemmin."

"Sinähän tässä olet se sekopää. Mennään vuorostaan mun mukavuusalueelle, mun kämpille. Mä tarjoan sulle savut ja teen meille ruokaa. Kiinnostaako?"

Antille Juhan ehdotus kävi. Hän pakkasi itselleen oudossa hiljaisuudessa kangaskassiin kaikenlaista alusvaatteista hammasharjaan. Tunnelma oli Juhan mielestä erikoinen, aivan kuin Antti olisi hetkellisesti jotenkin taantunut johonkin lapsuuden kehitysvaiheeseen.

Juha ja Antti saapuivat Juhan asunnolle, ja Antti totesi, että Juhalla oli viihtyisä koti. Hän oli kylläkin käynyt siellä kahvilla ja illanistujaisissa aiemminkin. Juha kiitti hieman hämmentyneenä, mutta ei jaksanut mietiskellä, mikä Anttia vaivasi. Juha ilmoitti, että alkaisi heti valmistamaan pitsaa. Hän tiesi Antin olevan ruokaihmisiä ja päätti laittaa heille kummallekin herkkua. Pitsassa ainoa miinuspuoli oli se, että siinä kuluisi paljon aikaa. Juha joutuisi valmistamaan pohjankin itse. Lopulta pitsaa piti pitää uunissa parisenkymmentä minuuttia, mikä oli sekakäyttäjille pitkä aika. Juha ja

Antti saattaisivat kumpikin nukahtaa ruoan vielä ollessa uunissa. Se olisi ollut katastrofi.

Antti alkoi vaatimaan kannabista, joten Juha kävi hakemassa sitä työpisteensä vetolaatikosta. Antin mielestä Juha antoi hänelle sitä liian vähän. Juha oli odottanut, että Antin suuttumuksen puuska loppuisi, mutta muistikin olleensa juhlissa todistamassa hänen ääliömäistä romahdustaan ja ajatteli Antin olevan ahdistunut juuri siksi, että Juha oli ollut paikalla, kun Antti oli oikutellut erikoiseen tapaan. Pieruista Juha ei uskaltanut puhua. Hän antoi Antille kukintoa gramman verran. Antti alkoi nauramaan ja poistui yhtäkkiä teennäisesti hekottaen Juha asunnosta.

Juha oli yllättynyt, mutta jotenkin hänen mielestään nyt kun kyseinen kummastus oli tapahtunut, se oli ollut hänen mielestään odotettavissa. Juha ei jaksanut olla enää Antin takia huolissaan. Hän sanoi itsekseen: "Ihan sama". Tästä hetkestä lähtien Antti olisi Juhalle täysin merkityksetön. Juha oli ennenkin poistanut ihmisiä elämästään.

10.

Juha oli käymässä Sinillä, joka alkoi heti kahvit juotuaan riisumaan vaatteitaan. Juha ajatteli, että hän saattoi olla vaihtamassa jotain mukavampaa ylleen, mutta Sinin seistessä alasti hänen edessään, Juha oli varma, että hänen rakkaansa halusi seksiä. Juha alkoi mitään sanomatta ottamaan housujaan pois jalasta. Sini ilmoitti, että heidän oli tehtävä se makuuhuoneeseen sijoitetulla työpöydällä. Tämä kävi Juhalle, joka kysyi, ottaisiko myös paidan pois, johon Sini sanoi, että "aivan sama". Juha koki velvollisuudekseen olla Sinin tavoin alasti, mutta jätti huumorimiehenä sukat jalkaan. Sinin huomatessa tämän, hän katsoi Juhaa toruen ja sanoi, että "ei noin, Juha. Sukat pois".

Juha otti virnuillen sukat pois jaloistaan, ja Sini nousi pöydälle. He ryhtyivät rakastelemaan. Juha saavutti kliimaksin melko nopeasti. Sini oli sitä mieltä, että piti käyttää vielä suutaan. Juha alkoi tekemään työtä käskettyä. Hän sai Sinin voihkimaan. Tästä innostuneena Juha oli vielä ahkerampi, jotta Sinikin saisi edes jonkinlaisen täyttymyksen tunteen. Juhan jonkin aikaa nuoltua Siniä, Sini ilmoitti, että nyt oli aika lopettaa. Sini halusi Juhan suutelevan häntä suulle, ja Juha toimi taas ohjeistuksen mukaan. Sini totesi Juhan olevan etevä mies, johon Juha sanoi, että hänellä oli hyvä motivaattori. Hän sai Siniltä vielä pitkä suudelman.

Juha tunsi olonsa autuaaksi. Jos joku olisi vielä vuosi sitten sanonut Juhalle, mitä hänen elämänsä nykyään olisi, hän olisi vain nauranut. Elämä oli tarjonnut hänelle monta iloista yllätystä. Hän oli onnellinen.

Sini oli kaksikymmentäyhdeksän vuotias ja kotoisin eteläisestä Suomesta. Hänellä oli mennyt lukiossa ja pari vuotta sen jälkeen erittäin lujaa. Hän oli käyttänyt huumeita, varastanut ja myynyt itseään. Juha tiesi tämän, mutta oli vain onnellinen, että hänen rakkaansa oli hänen kanssaan ja kuivilla, sekä eli ilman viheliäisiä rahanhankintatapoja. Sini taas näki Juhassa paljon entistä itseään. Juha oli hänen mielestään epävarma ja hukassa. Silloin ihminen pakeni todellisuutta helposti päihteisiin.

"Mulla on aikainen aamu. Mitenkäs tehdään?" Sini kysyi. Juha näki kysymyksen vihjeenä, että nyt olisi aika poistua. Hän sanoi: "Mä taidan livahtaa tästä sitten kotiin."
"Kyllä sä saat multa kyydin kotiin, pöhkö."
"Kiitos", Juha sanoi.

Juha pääsi kotiin ja jätti menemättä jääkaapille. Hänen teki mieli olutta, mutta juuri nyt hän ei saanut ottaa. Huomenna olisi ensimmäinen työpäivä mainostoimisto Hypnoosissa. Juha päättikin polttaa pienen määrän kannabista. Hän mietti, että hänellä ei ollut enää ketään, jolta ostaa kyseistä päihdettä, mutta hänen onnekseen se ei ollut heti loppumassa. Anttiin hän ei ainakaan vähään aikaan olisi ottamassa yhteyttä. Kello oli kuusi illalla, Juha nukahti.

11.

Juha heräsi ennen herätyskellon soimista ja kävi suihkussa. Hän ei osannut ajatella mitään muuta, kuin uutta työpaikkaansa ja sitä, miten siellä käyttäytyisi. Juha mietti, että välttäisi turhia vitsejä, olisi ilman teennäistä roolia ja pyrkisi antamaan itsestään mahdollisimman järkevän kuvan. Siten hän oli edellisessäkin työpaikassa selvinnyt. Kunnes oli saanut potkut.

Bussissa parrakkaan, selkeästi juopuneen, nelikymppisen miehen vieressä istuvaa Juhaa jännitti tuleva päivä ja hän totesi mielessään olevansa hänkin vieressään istuvan miehen tavoin alkoholisti. Juha tarvitsi rohkaisuryyppyä tilanteessa kuin tilanteessa. Ajatukset päihteiden käytön turruttavasta ja siten pelastavasta vaikutuksesta kuitenkin lopulta hautautuivat mielen syövereistä nousevan uuden työn aikaansaamaan innostuksen ja jännityksen alle. Juha laittoi kuulokkeista soimaan yhden voimakappaleistaan, jossa laulettiin voitosta ja päämäärän saavuttamisesta. Juha ajatteli selvinneensä ensimmäisistä kerroista ennenkin, niin hän selviäisi nytkin.

Bussi saapui Juhan uuden työpaikan lähistölle, samalle pysäkille, jolla hänellä oli ollut tapana poistua bussista, kun oli ollut töissä edellisellä työpaikallaan. Juhan päästyä pohjoismaista tyyliä edustavan, vaalean talon alaovelle, hän tapasi kaksi tupakoivaa naista.
"Sä olet varmaan Juha?" kysyi toinen naisista.

"Kyllä", sanoi Juha. "Voisi sitä itsekin polttaa tupakan."
"Jännittääkö?" kysyi nainen, toisen toivottaessa Juhan tervetulleeksi samalla, kun poistui sisälle rakennukseen.
"Juu, melko paljon. Jotenkin tuntuu, että nyt on tosi kyseessä", Juha vastasi.
"Olet vaan alusta lähtien oman itsesi, niin kaikki menee hyvin."
Juha nyökkäsi. He juttelivat hetken aikaa. Juha kertoi, että oli tullut henkilöstöleikkausten takia irtisanotuksi melkein naapuritalosta"
Nainen, joka esittäytyi Petraksi sanoi, että ne olivat hyvät potkut, sillä heillä oli maailman paras työpaikka.
He kävelivät yhdessä sisään rakennukseen.

Juha ja Petra saapuivat sisälle laajaan, seinättömään tilaan, ja Juha sai heti vastaansa Juhanin.
"Terve, nimimies, meillä täällä jo odotettiinkin sua, joten tulehan mun perässä."
Juha tervehti ja käveli Juhania seuraten yhteen kolmesta Hypnoosin toimistosta.
"Hei, Juha", sanoi ison pöydän päässä istuva nainen, joka esitteli itsensä Miinaksi. Miina oli viisikymppinen, kaunis, sekä erittäin tehokkaan oloinen nainen, joka piti Juhasta heti ensisilmäyksellä. Hän mietti, että heille oltiin tuotu kultaisen oloinen poika.

Juha kätteli Miinaa ja totesi että hänellä ei ollut yhtään kokemusta assistentin hommista, mutta lupasi tehdä parhaansa.
Miina sanoi: "Koita vaan oppia niin paljon kuin mahdollista. Ollaan ihmisiä, ei koneita. Me

78

perehdytetään sua pari päivää, joten kaikki on hyvin. Ei tämä mitään rakettitiedettä ole."

"Kiitos", Juha sanoi.

"Ole hyvä, rennosti vaan", sanoi Miina.

Juha sai käteensä paperin, työsopimuksen, jota hän nyt luki. Hän olisi ensiksi kuukauden koeajalla. Päästyään palkan kohdalle, Juha oli mielissään ja mietti, että hyvin menee, vaikka palkka oli hieman pienempi, kuin edellisessä työpaikassa. Juha allekirjoitti sopimuksen, kiittäen Miinaa ja Juhania.

"Olepa hyvä", vastasi Miina.

"Tervetuloa porukkaan", sanoi Juhani.

12.

Kaksi viikkoa Hypnoosissa työskenneltyään ja samaiset kaksi viikkoa juotuaan maltillisemmin, Juhalle alkoi taas hahmottumaan, mitä terveellinen elämä oli. Hän ei ollut tuona aikana juonut itseään kertaakaan kovaan humalaan. Juha oli luvannut itselleen, että ei tekisi mitään rikoslaissa kiellettyä, tai mitään muutakaan, mikä voisi aiheuttaa mahdollisesti jopa työn menetyksen.

Juha oli päättänyt vetää jäljelle jääneen kannabiksen vessanpöntöstä alas, olihan sen käyttäminen rikollista toimintaa. Juha ei tuntenut pienintäkään harmia, kun katsoi kolmen gramman katoavan vesikierteen mukana viemäriin. Hän olisi mieluummin vaikka taantunut juopottelija, kuin paranoidi pilvenpolttaja. Hän halusi olla kunnollinen. Tai ainakin melkein.

13.

Oli lauantai, elettiin syyskuun loppua. Ulkona satoi. Juha oli ollut kokonaisen viikon ilman alkoholia ja tupakkaa, koska oli alkanut kokemaan, että tuhosi itseään päihteillä. Hän oli tyytyväinen päätökseensä ja toivoi pystyvänsä alkamaan täysin raittiiksi. Hän kuitenkin tiesi, että sellainen ei välttämättä olisi koskaan täysin mahdollista.

Juhalla oli ollut viikko sitten humalassa niin huono olo, että oli viettänyt vessassa oksentamassa yli tunnin. Hänellä oli myös ollut niin kova krapula, että oli alkanut pelkäämään mielenterveytensä puolesta, mutta oli selvinnyt ilman krapularyyppyä. Hän oli päättänyt lopettaa juomisen ja tupakoinnin joksikin aikaa, koska häntä oli alkanut vaivaamaan huono omatunto ja pelko ennenaikaisesta kuolemasta.

Antilta tuli viesti: "Pahoittelut siitä viimekertaisesta. Terveisin Pahoitteleva Pierupylly."
Juha vastasi: "Pikku juttu. Terveisin Armollinen Assistentti."
Antilta tuli vielä toinen viesti, jossa hän kysyi, voisiko Juha tulla käymään hänen luonaan. Olisi Antin viimeviikkoisen syntymäpäivän kunniaksi kakkuakin tarjolla. Juha vastasi, että olisi kohta Antin ovella.

Juha mietti, että mitä turhia sitä ystävälle olla vihainen. Hän oli sitä mieltä, että jokainen tekee virheitä, ja Antille pitäisi antaa anteeksi. Olihan hän hyväntuulisena mitä mainioin seuramies.

Juha kävi ostamassa lähikaupasta kääretorttua ja nikotiinipurukumia. Hän saapui Antin ovelle ja soitti ovikelloa. Antti tuli avaamaan ja oli mielissään saadessaan Juhalta herkun todeten, että "tässähän saa oikein kunnolla suuta makeaksi ja on pari päivää saanutkin ihan toden teolla". Juha ajatteli, että Antti olisi harmissaan, kun ei saanut lahjaksi pulloa.

Antti toivoi, että he eivät keskustelisi hänen munauksestaan. Juha lupasi olla puhumatta asiasta, mutta totesi, että se olisi voinut käydä kenelle tahansa. Antti naurahti hieman häpeissään ja poistui mitään sanomatta keittiöön kaatamaan Juhalle ja itselleen kahvia. Olohuoneen pöydällä oli puoliksi syöty täytekakku ja kaksi lautasta. Juha istui sohvalle, Antti oli pian hänen seurassaan.

"Mitä sulle kuuluu?" Juha kysyi Antilta.
"Ihan perusmeininkiä. Mä olen tässä vähän miettinyt asioita ja tajunnut, että mulla on ollut ja on vieläkin vähän huono omatunto ja itsetunto… Mulla on naamio, mä olen ääliö. Mä en ollut tajunnut sitä."
"Jonkinlainen naamio, rooli tai miksi sitä nyt ikinä haluatkaan kutsua, on ihan jokaisella. Ootko sä oikeesti ihan kunnossa? Missä nyt mennään?" Juha kysyi.
Antin silmät kostuivat ja hän sanoi: "Mä taidan olla vähän hullu."

82

Juha ei ollut osannut odottaa tällaista, eikä tiennyt mitä sanoa. Hän oli hetken hiljaa ja totesi vakavana: "Mä en halua loukata sua, mutta pitäisikö sun käydä juttelemassa jollekin? Vaikka lääkärille."

"Mä olen miettinyt sitäkin vaihtoehtoa, mutta en tiedä", Antti sanoi.

"Mä kyllä voin olla tässä sulle korvana, mutta jos sulla on oikeasti jotain isoja juttuja, sun kannattaa käydä lääkärissä. Ihan oikeasti."

Antti tunsi monta ihmistä, jotka olivat joutuneet hankkimaan ammattiapua ja heitä vaivasi hänen mielestään yksi ja sama asia, heikkous. Antti taas ei halunnut myöntää olevansa heikko.

"Mä olen ihan jumissa mun elämän kanssa. Mä olen jotenkin luovuttanut ja musta tuntuu, että kaikki on turhaa. Tai ei siis kaikki, vaan mä. Tuntuu, että mulla ei ole mitään merkitystä, että mä olen pelkkä paska."

Juha totesi, että Antti oli hieno ja pidetty mies ja sanoi vielä: "Ei sun tarvitse olla huolissasi, mä en usko, että kukaan on sulle vihainen."

"Mä kämmäsin itseni mun pomon kaverin juhlissa. Mua nolottaa vieläkin ihan helvetisti. Se ei edes sano mulle töissä mitään, karttaa vaan."

"Mitä jos vaikka pyydät anteeksi. Sä olet kaikkien mielestä hyvä heppu", sanoi Juha rauhoittavalla äänellä.

Antti pyyhki silmiään. Hän sanoi: "Musta vaan tuntuu siltä, että sieltä tulee täyslaidallinen paskaa niskaan, jos menen pyytämään siltä anteeksi."

83

Juhan mielestä anteeksipyyntö olisi Antin tilanteessa ainoa oikea teko, mutta hän pysyi hiljaa ja vain nyökytteli. Hän ei olisi samassa tilanteessa itsekään kehdannut sanoa Nöörille yhtään mitään.

"No mitäs sulle kuuluu?" Antti kysyi.

"Korkki on ollut kiinni viikon, arvaappa vaan kuinka paljon hikoiluttaa. Mä vedin viikko sitten ihan hirveät kännit ja meinasin krapulapäissäni seota ja tuli sellainen olo, että pitää skarpata. Duunissa olen käynyt ja olen siellä mainosfirma Hypnoosissa lähinnä myyntipuolella jonkinlainen sihteerin ja assistentin tapainen. Hain eilen yhdelle luovan osaston ylityötiimille hampurilaisateriat ja pääsin itsekin olemaan töissä normaalia pidempään. Että sellainen juoksupoika olen."

Antti yritti peitellä hymyään. Hän tunsi vahingoniloa Juhaa kohtaan ja oli iloinen siitä, että myös Juhalla oli työpaikallaan alempi status. Antin mielestä assistentin työt oli olivat naisten hommia ja hän koki tyytyväisyyttä siitä, että Juha oli hänen mielestään nyt vähemmän mies. "No, työ kun työ", Antti sanoi teennäisen rennosti. "Sun kannattaa tehdäkin ihan kaikki, mitä pomo vaatii, että saat pidettyä sun työn. Ettei käy kuten edellisessä paikassa."

Juha oli huomannut Antin kasvoilla hymyn tapaisen, kun oli kertonut olevansa töissä lähinnä ylempien juoksupoikana ja mietti, että oli siinäkin kaveri. Juha oli päättänyt olla työstään ylpeä, vaikka se ei hänen mielestään hienoimmasta päästä ollutkaan. "Joo, kyllä.

Pysäytti ne potkut sen verran, että en ota mitään työjuttuja itsestäänselvyytenä", Juha sanoi nyökytellen.

"Susta ei sitten saan juomaseuraa, vai miten on?" Antti kysyi.

"Nyt ei ainakaan jaksa, katsotaan joku toinen kerta. Tai jotain... Mä olen ollut jo viikon ilman ja mä haluan nähdä, kuinka pitkään mä pystyn mun lakkoa jatkamaan. Mä yritän varmaan lopettaa kokonaan, tai mä löydän itseni katuojasta. Sinikin on ollut ihan toisenlainen, tää viikko on ollut ihan helvetin okei. Että silleen, mä taidan yrittää alkaa täysin raittiiksi", Juha pohti ääneen.

Miehet istuivat Antin kotona vielä jonkin aikaa jutellen, mutta Antin alkaessa sekoittamaan itselleen uutta drinkkiä, Juha totesi, että hänen kannattaisi varmaan poistua, ettei selkäranka katkeaisi. Ettei vaan alkaisi kerjäämään Antilta ryyppyä.

Juha saapui kotiinsa ja koki kengät jaloista potkittuaan äkillisen tietoisuuden välähdyksen. Tämän jostain alitajunnan syövereistä syöksyvän salamaniskun seurauksena hän tajusi, että elämä oli hänelle pakenemista. Hän pakeni tietoisuutta puutteistaan, hän pakeni pelkojaan, sekä pettymystään elämää kohtaan. Antti oli näiden asioiden suhteen samanlainen ja hänen kanssaan keskusteleminen oli saanut Juhassa aikaan tämän oivalluksen. Juha tajusi, että hänen pitäisi olla rohkeampi elämää kohtaan. Hänen pitäisi monen muunkin tavoin olla vaan rohkeasti hukassa, kun kerta hukassa oli. Hänen piti osata päästää irti, olla vaatimatta itseltään liikoja. Se lamaannutti hänet.

Juha alkoi äkillisesti ymmärtämään hänelle elämänsä varrella hoettuja kliseitä. Hänelle oli moni sanonutkin, että hän pakenee, että muutos oli vaikea juttu, että elämä on kohtaamisia, että pitää olla itselleen armollinen, että kukaan ei ole täydellinen ja vaikka mitä muuta. hän oli aina ajatellut, että kliseet olivat vain tyhjää puhetta, joita puheessaan viljelivät vain tyhjäpäiset tyypit. Juha oli ajatellut, että filosofiselta vaikuttavat pölinät, olivat vain niitä varten, jotka eivät osanneet itse ajatella. Mutta niissä piili viisautta, ne olivat itsestäänselvyyksiä, jotka oli liian helppoa sivuuttaa turhuutena. Juha oivalsi myös aliarvioineensa kanssaihmisiään liikaa. Hän mietti hetken, olisiko hänessä jotain pahastikin vialla.

Lukiolaisena, pilven polttamisen seurauksena, Juha oli hylännyt kristinuskon ja ison osan kavereistaan. Kummankin porukan teologia oli hänestä jotenkin väärää tai pinnallista. Tosiasiassa hänen kaverinsa olivat hylänneet hänet, pilveä polttavan outolinnun, joka ei osannut käyttäytyä muiden seurassa asiallisesti. Juha oli jättänyt kaiken, mikä oli ollut hänestä pelkkää teatteria. Olihan itsekin ollut epäaito ja saattoi olla sitä vieläkin, mutta hän ei jostain syystä sietänyt teeskentelyä. Ei itsensä, eikä muiden kohdalla. Moni meistä on pelkkää pintaa, Juha mietti ja oli sitä mieltä, että jokainen ihminen pitäisi hyväksyä. Epäaitous ja valheellisuus olivat hänen mielestään inhimillisiä

86

piirteitä, jotka näyttäytyivät hänelle nyt inhimillisen itseinhon ja omana itsenä olemisen pelon kuvana.

Juha totesi olevansa vain herkkä mies, jolla olisi vielä paljon opittavaa. Hän oivalsi kuinka paljon janosi tietoa ja viisautta. Juha alkoi olla se sama toisinaan melko välkky versio itsestään, joka oli ollut ennen liiallisen juomisen aloittamista. Viikon kestänyt juomattomuus oli tehnyt hänelle hyvää. Nyt hän vaan joutuisi olemaan oma itsensä puutteineen.

14.

Juha istui harmaaksi kaakeloidun, verestä punaisen kellarin nurkassa huohottaen ja enää vain kuolettavaa iskua odottaen. Hän oli varma, että hänet vähintään teloitettaisiin. Hänen tunnistamattomaksi murjotuille kasvoilleen heitettiin saavillinen kylmää vettä. Häntä oltiin hakattu jo puoli tuntia ja hän kuuli äänen sanovan, että nyt oli aika tuoda paikalle talon kovakouraisin kiduttaja. Juha oli kerjännyt, että Antti armahtaisi hänet, mutta Juhan pyynnölle vain naurettiin.

Kesämekkoon pukeutunut, kahdella jalalla kävelevä elefantti saapui paikalle ja alkoi laulamaan punainen sateenvarjo kädessään tanssien.

"Juha on paska jätkä
Juha on paska jätkä
Juha on paska jätkä
Ja kaikki tietävät sen"

Juha heräsi. Hän oli hikoillut vaatteensa läpimäräksi, sängyssä oli hikinen läntti. Juha käveli pesuhuoneeseen ja otti hikiset vaatteet pois yltään. Hän kävi suihkussa ja totesi onnekseen, että ei tuntenut oloaan kuumeiseksi. Kipeänä hänellä oli tapana nähdä kamalia unia. Kello oli puoli viisi, mutta Juha ei mennyt takaisin nukkumaan. Hän ei uskaltanut. Hän vaihtoi lakanat ja ihmetteli, mistä helvetistä moinen uni oli hänen päähänsä ilmestynyt. Nyt jos koskaan, Juhan teki mieli juotavaa, mutta kello oli liian vähän, kaupat olivat kiinni, ja Juha oli päättänyt olla ilman. Hän ei enää halunnut turruttaa itseään päihteillä. Juha oli päättänyt olla pakenematta. Hän oli

88

päättänyt kohdata demoninsa, joka oli hänen oma pakeneva luonteensa.

Juha oli saanut töissä tehtäväkseen sairauslomalla olleen työkaverinsa viesteihin vastaamisen. Tämän tehtävän hän halusi hoitaa kunnolla ja näyttää siten kaikille olevansa kunnon työmies. Juhalla oli töissä paljon tyhjää aikaa ja hän oli alkanut pelkäämään, että joutuisi taas turhana tapauksena henkilöstöleikkausten kohteeksi. Mutta toisin kävi. Miina ilmoitti Juhalle, että tarvitsisi henkilökohtaisen assistentin, ja Juha sopisi hommaan hyvin. Juha joutuisi vielä tekemään "vähän hassuja juttuja", kuten toimimaan juoksupoikana ja muuta vastaavaa, mutta tämä oli nyt se hänen ansaitsemansa ylennys.

"Että miten tehdään?" Miina kysyi.

"Joo mielellään, mä olen valmis ihan mihin vaan", Juha vastasi.

"Hyvä homma, Juha, hyvä homma. Sä voit alkaa vähän relaamaan, kun olet koko ajan vähän jännittyneen oloinen. Tässä sulle sun jobi." Miina lähetti Juhan puhelimeen viestin, jossa luki hänen ensimmäinen tehtävänsä Miinan alaisena. "Mä teen sulle sillä aikaa uuden työsopimuksen."

Tehtävä oli Juhalle tuttu juttu. Juha hakisi Miinalle hänen viikonlopun ostokset. Miina tiesi, mitä halusi, eikä Juhan tarvinnut yrittää yllättää häntä millään tavoin. Listalla oli tarkat ohjeet siitä, mitä pitäisi ostaa. Juhasta oli mukavaa, että hän sai Miinan auton käyttöönsä. Juha ilmoitti olevansa valmis jossain vaiheessa vaikka hankkimaan omankin auton, mutta Miina sanoi, että hänen ei tarvinnut.

Juha piti Miinasta. Miina oli koulutukseltaan ekonomi, ja Juha tunsi sen takia joskus itsensä hänen seurassaan ihmisenä vähempiarvoiseksi. Juhalla olikin omien sanojensa mukaan Miinaan verrattuna jämäopinnot. Miina piti Juhaa lapsellisena, mutta jotenkin ihan sympaattisena. Miina ja Juhani olivat seuranneet Juhan toimia tarkasti työsuhteen solmimisesta lähtien ja olivat häneen tyytyväisiä.

Juha seisoi viinakaupan jonossa ja piti kädessään koria, jossa lepäsi kolme pullollista punaviiniä. Pullot olivat Juhan mielestä melko kalliita, neljänkymmenen euron molemmin puolin. Hetken aikaa Juhan teki mieli seota ja juosta ympäri liikettä maistaen kaupan jokaista juomaa, juoden itsensä sikamaiseen humalaan. Ilman alkoholia oleminen ei kuitenkaan ollut mitenkään äärimmäisen raskasta. Olihan Juhalla tukenaan vielä Sini, jonka ystävyys oli Juhalle suuri apu. Mutta silti ilman oleminen vaati itsekuria.

15.

Oli tapaninpäivä. Juha ja Sini istuivat vastatusten Tukholman keskustassa sijaitsevassa tyylikkäässä ravintolassa. Heidän seurassaan istui italialainen pariskunta.

Juha ja sini olivat tutustuneet uusiin ystäviinsä, Mariaan ja Antonioon sekä heidän kahteen lapseensa, jouluaattona hotellin aamiaisella. Antonio oli osoittanut Paulon päätä ja sanonut pojan olevan hieman erikoinen, eikä joku päivä luultavasti ymmärtäisi sanaakaan, mitä hänen poikansa sanoisi. "My special boy", oli Antonio sanonut ja kertonut, että Paulo oli alkanut lukemaan jo neljävuotiaana. Antonio oli silittänyt kahdeksanvuotiaan Paulon päätä ja todennut, että hän ei olisi koskaan uskonut hänen kupeittensa hedelmän voivan olla niin älykäs.

Antonio oli kertonut työskentelevänsä Napolissa yliopistolla, jossa hän opetti yhteiskuntatieteitä. Maria oli koulutukseltaan juristi. Hän työskenteli kansalaisjärjestössä, joka auttoi maahanmuuttajia. Heidän nuorimmainen, Sara, oli maiskuttanut tyytyväisenä parsakaalia, ja Sini oli todennut hänen olevan kultainen lapsi, johon Maria oli todennut hänen olevan yllättävän kiltisti. Hän oli kertonut Saran olevan lievästi autistinen, mutta hyväsydäminen tapaus. Paulo oli kertonut hyvällä englannilla, että he rakastivat Saraa. He odottivat hänen kasvavan, jotta heille selviäisi, kuka

91

tämä mysteeri lopulta oli, jotta he voisivat tutustua häneen paremmin.

Kummatkin, Juha ja Sini, olivat olleet yllättyneitä Paulon kypsästä kommentista ja Antonio oli osoittanut hänen päätään ja antanut siihen pienen pusun.
"Hieno tyyppi se olet sinäkin", Sini oli sanonut, katsoen ystävällisesti häntä alituiseen vilkuilevaa Pauloa silmiin.
Juha oli ollut samaa mieltä. "Kyllä, todella hieno poika."

Maria ja Antonio lapsineen olivat saapuneet Tukholmaan kahden sukulaisperheen kanssa. Muut olivat jääneet hotellille katsomaan elokuvaa, mutta Maria ja Antonio olivat halunneet tutustua lähemmin talvisen kaupungin keskustaan. He olivat sovitusti ottaneet yhteyttä Juhaan ja Siniin. Lapset olivat jääneet heidän sukulaistensa hotellihuoneeseen nukkumaan.

Nelikon kävellessä kohti Tukholman ydintä, Sini otti puheeksi päihteet. "Me ei sitten käytetä mitään, ollaan kumpikin sen verran riippuvaista sorttia. Mutta mielellään käydään teidän kanssa ulkona."
Maria olikin jo arvannut heidän taustastaan sen, että saattoivat olla entisiä riippuvaisia, kun Juha ja Sini olivat juoneet ruokajuomaksi pelkkää vettä, mutta ei ollut viitsinyt ottaa asiaa puheeksi.
"Minä otan vain pari silloin tällöin, mutta Antonio tykkää juoda joskus vähän enemmän", sanoi Maria.
"Nykyään harvemmin. Alkoholijuomat kuuluvat meillä vahvasti kulttuuriin. Onhan meillä ihan oikeita juoppojakin. Itsensä kovaan humalaan juominen

koetaan meillä vaan todella häpeälliseksi. Sitä kyllä tapahtuu melko paljon mutta silti", totesi Antonio.

"Melko samanlaista se on nykyään meilläkin", Sini sanoi. Hän lisäsi, että hänestä tuntui joskus siltä, että muut huumeet tuntuivat olevan enemmän ja enemmän hyväksyttyjä, ja monen mielestä jopa hyväksyttävämpiä, kuin alkoholi.

"Kyllä, sama se on meilläkin. Sama homma", sanoi Antonio.

Ilta oli kaunis, ja Maria oli haltioitunut suurista lumihiutaleista, joita tippui hitaasti taivaalta. Juha pysyi enimmäkseen hiljaa, ja lukion aikana Australiassa opiskelijavaihdossa ollut Sini, hoiti lähes kaiken puhumisen. Ei Juha mikään mykkä tai ummikko ollut, mutta Sini puhui hänen yllätyksekseen niin hyvää englantia ja oli muutenkin hyvä ihmisten kanssa, että Juha pysyi mielellään hiljaa. Juha tajusi, että hänellä ei ollut samanlaista sivistystä, kuin Sinillä, Marialla ja Antoniolla, eikä hän ollut niin sanavalmis, kuin olisi halunnut olla. Heillä oli mukava parituntinen puheliaiden ja huumorintajuisten italialaisten kanssa, jonka he viettivät Tukholman keskustaan tutustuen ja lopulta viihtyisässä baarissa hetken aikaa lämmitellen.

Sini huomasi Juhan olevan illalla hotellihuoneessa väsynyt ja sanoi: "Hyvin meni." Juha ja Sini suuntaisivat seuraavana päivänä lentokentälle ja palaisivat kotiin.

16.

Reissu Ruotsiin oli ollut jotain, mitä Juha oli kaivannut. Hän oli päässyt kokemaan hetkeksi toisenlaisen ympäristön, vieraine kielineen ja ympäristöineen. Juha ja Sini olisivat mielellään käyneet kauempanakin reissussa, mutta kummallakaan ei ollut liikaa rahaa käytettävänään. Sinikin oli nauttinut reissusta, joka oli ollut hänelle taas kerran muistutus siitä, että oli mukavaa käydä uusissa paikoissa. Avasi mieltä käydä vieraassa maassa sekä kokea jotain muuta ja hieman erilaista. Sini oli reissua ehdottaessa ollut aivan varma, että Juha olisi kieltäytynyt ja ilmoittanut Ruotsin olevan jotenkin huono maa, mutta hän olikin ollut innoissaan ja todennut länsinaapurin olevan hieno paikka, jossa asui älykäs ja kaunis kansa.

Tuli uudenvuoden aatto, Juha sai Siniltä viestin puhelimeensa, jossa luki: "Mulla on jo jonkin aikaa ollut joku toinen. Sitä on vaikea selittää. Mä rakastan sua Juha, mutta mulla on joku, joka ymmärtää mua paremmin, kuin sinä. Sun ja mun juttu on ohi. Anteeksi."

Juha oli harmissaan, mutta jotenkin helpottunut. Hän oli kokenut Sinin jossakin määrin ahdistavaksi. Sini oli vahvatahtoinen ja aika ajoin dominoiva tyyppi, jonka persoona oli Juhan mielestä hänelle joskus vähän liikaa. Juha kun oli melko sisäänpäinkääntynyt yksilö. Hän päätti aluksi olla vastaamatta Sinille, mutta laittoi lopulta hänelle viestin jossa luki: "Okei. Tiputa avain postiluukusta."

Parisuhteen lopettaminen tekstiviestillä, oli Juhan mielestä kusipäinen temppu, mutta se ei häntä lopulta liikaa häirinnyt. Parempi niin, kuin siten, että hän olisi saanut mahdollisuuden sanoa Sinille ilkeästi. Juha ei olisi luultavasti kyennyt olemaan kuivin silmin, jos Sini olisi jättänyt hänet kasvotusten.

Juha lähetti Antille viestin: "Rouva jätti, missä olet?" Hetken kuluttua Juhan puhelin soi, siellä oli Antti. Hän kertoi olevansa kotona. Juha olisi tervetullut Antille, mutta Antilta oli juomat loppumassa, kun oli ollut pyhinä melko kosteaa. Juha lupasi ostaa laatikollisen olutta ja pitsat. Antti halusi lihapitsan, johon tulisi ainakin salamia ja tonnikalaa.

Antti oli taas oma itsensä ja hän toivotti Juhan iloisesti tervetulleeksi kotiinsa. Juha antoi Antille tuliaisiksi salmiakkikarkkipussin. Antti kiitti ja alkoi ensitöikseen kertomaan, että oli joulun taian rohkaisemana uskaltanut pyytää Nööriltä anteeksi. Antista oltiin kuulemma oltu lähinnä huolissaan ja Nööri oli sanonut nähneensä ja kuulleensa kaiken maailmassa, eikä homoksi haukkuminen ja piereminen sittenkään olleet niin pahoja juttuja, kuin Antti oli pelännyt. He olivat sopineet, että Antilla oli Nöörin läsnäollessa pieru- ja homottelukielto. Antti pahoitteli myös Juhalle outoa käytöstään. Hän oli ollut niin häpeissään, että oli sen takia käyttäytynyt epäasiallisesti. Juha sanoi, että "pikku juttu" ja toivoi mielessään heidän olevan kavereita ilman uusia ahdistavia episodeja.

Ensimmäinen olut. Juha totesi Antille alkoholin alkaessa vaikuttamaan, että ei varmaan pääsisi koskaan tuliliemestä eroon. "Kunhan vaan ei oteta enää niin paljon, kuin ollaan otettu", sanoi Antti. "Pidetään toisistamme huolta, kun ollaan vähän tällaisia kohtalotovereita." Juha otti hänen ja Antin väliin käytännöllisesti sijoitetusta laatikosta toisen oluen. "Tehdään niin", Juha sanoi. Juha sai juotua neljä olutta, minkä jälkeen hän oli niin väsynyt, että hänen oli pakko lähteä kotiin nukkumaan. Juha otti laatikosta muutaman oluen ja laittoi niistä kaksi takkinsa taskuihin. Yhden tölkeistä hän avasi ja poistui Antin kotoa. Juha kuuli ulkona kävellessään rakettien pauketta ja ajatteli, että hänestä oli mukavaa, kun ihmisillä oli hauskaa.

Juha saapui kotiinsa ja avasi Antille tuliaisiksi tarkoitetun viskipullon. Hän oli päättänyt yllättää ystävänsä, mutta olikin Siniltä viestin saatuaan päättänyt olla itsekäs ja juoda viskin harmin tunteeseen itse. Ilman Anttia Juhalla ei olisi hänen nykyistä työpaikkaansa, joten Juha päätti, että joku päivä ostaisi Antille jotain, vaikka hänen paljon arvostamaansa rommia.

Juha alkoi ymmärtämään, kuinka paljon tarvitsi omaa rauhaa. Hän oli nyt vapaa. Juha koki olevansa yksinäinen susi, sellainen hän oli aina ollutkin. Siniltä tuli viesti, jossa toivotettiin hyvää uutta vuotta. Juha laittoi Sinille viestin, jossa luki "samoin". Juha tiesi, että lähes

96

kaikki parisuhteet päättyivät eroon, mutta oli silti harmissaan sen takia, että oli tullut jätetyksi, vaikka saisikin nyt enemmän aikaa itselleen. Juha tunsi itsensä itsekeskeiseksi ja typeräksi, eikä lopulta hän ei tiennyt, oliko ero hyvä vai huono asia. Juha päätti sen olevan vain asia, joka oli tapahtunut.

Juha mietti niitä monia hetkiä, jolloin oli tuominnut kaikkia päihteet. Hän tunsi pettävänsä itseään, kun kaatoi lasiin viskiä, mutta ei jaksanut enää taistella vastaan. Tupakasta hän oli päässyt eroon, enää ei kulunut edes korvaushoitotuotteita. Mutta alkoholin puute oli ollut suuri aukko hänen elämässään. Alkoholi oli hänelle pakenemisen väline, se oli hänen lääkkeensä. Se oli hänen pieni taivaansa, joka olisi ilman järkevää kontrollia helvetti. Hän tiesi, että alkoholi saattaisi tuhota hänet, jos hän ei olisi sen käyttämisen suhteen viisas.

Juha muisti, kuinka Antti oli joskus sanonut vihan ja katkeruuden olevan sairauksia ja mietti joiko hän itse näihin sielun oirehdintoihin. Katkera hän tajusi olevansa, mutta vihaa hän ei kokenut tuntevansa. Ei ketään kohtaan, ei enää.

Viski oli viskiksi ihan maukasta, mutta ei vieläkään täysin Juhan lempijuomia. Hän istui olohuoneen sohvalla ja kuunteli tietokoneeltaan hiljaisella soivaa jazz-soittolistaa. Hän totesi itselleen asioiden olevan ihan hyvin. tästä alkaisi uusi vuosi, vuosi 2024. Tänään hän ei joisi itseään kovaan humalaan.

17.

"Uusi vuosi ja uudet kujeet", sanoi Miina ja tervehti Juhaa. "Ja hyvää uutta vuotta."

"Heippa, hyvää uutta vuotta", Juha toivotti takaisin.

"Tänään meillä olisi sellainen pikku juttu kuin uudenvuoden kahvittelut. Voitko järjestää meille sellaiset?"

"Tottakai", Juha sanoi.

Juhan työ koostui lähinnä Miinan osaston puhelimeen vastaamisesta, kahvin keittämisestä, kahvittelujen järjestämisestä, firman asioilla käymisestä sekä kokousjärjestelyjen tekemisestä. Juha oli myös pariin otteeseen tehnyt kokoussihteerin hommia, mutta hän oli lähinnä Miinan käskyläinen ja kävi hankkimassa hänelle milloin mitäkin. Juhalle oltiin vihjattu, että hänestä voitaisiin vielä joskus tehdä oikea myyntitykki, tai sellaisen apulainen. Juha kuitenkin nautti nykyisestä työstään ja oli valmis jatkamaan siinä vielä pitkään, vaikka ei kokenut työtään erityisen hienoksi. Hän ei tosiaankaan ollut ravintoketjun huipulla, eikä hän sinne pääsisikään, siltä hänestä vaikutti. Eikä Juha edes halunnut kuulua ylimmistä ylimpiin, se nimittäin tarkoitti liian suurta vastuuta, mikä oli Juhalle jo sanana pelkkää myrkkyä.

Juha lähti firman uudella häntä varten hankitulla autolla tekemään ostoksia. Hänen pitäisi hankki kahdellekymmenelleneljälle jotain sopivaa syötävää kahvin kanssa. Hän suuntasi donitsikahvilaan, josta osti

98

yli muutaman kymmentä donitsia tekemänsä listan mukaan.

Juha mietti takaisin työpaikalle ajaessaan Siniä. Mitä hän mahtoi tehdä ja kenen kanssa? Oliko hänellä seksiä jonkun kanssa? Ja jos oli, oliko se parempaa, kuin se oli Juhan kanssa ollut? Juha kaipasi Sinin läheisyyttä, mutta oli onnellinen, että oli saanut elämänsä takaisin itselleen. Hän oli nyt työn ulkopuolella oman itsensä herra, vapaa elämään kuten halusi.

Työpäivä tuli päätökseensä ja Juha saapui kotiinsa. Kaapissa oli vielä runsaat puoli pullollista viskiä, jonka Juha päätti hetken mielijohteesta kaataa lavuaariin. Se oli hänelle liian vahvaa tavaraa. Tänään hän ei joisi kuin pari olutta ja menisi aikaisin nukkumaan.

18.

Juha kävi seuraavana päivänä töiden jälkeen kirjakaupassa. Hän oli päättänyt hankkia sivistävän niteen, jotta oppisi jotain ylevää ja saisi siten annettua itsestään hienompien ihmisten seurassa paremman kuvan. Hän alkoi etsimään jonkinlaista historian yleisteosta, mutta osaston kaikki kirjat olivat lähinnä tarkempia kuvauksia jostain tietystä historiallisesta tapahtumasta ja usein vielä Juhan vieroksumasta sotahistoriasta. Toinen maailmansota oli erityisen runsaasti edustettuna lajityypin hyllyillä. Juha ajatteli, että ei jaksaisi monen sadan sivun mittaisia sotakuvauksia, vaikka niistä voisi jotain tärkeää oppiakin. Hän käveli self help -hyllylle ja otti käteensä kirjan, jonka otsikko oli Järkeä käteen ja viisautta päähän. Hän luki niteen sisällysluetteloa todeten, että voisi ihan huviksen tutustua kirjaan. Erityisesti osio, joka lupasi muutosta elämään onnellisempana, kiinnosti Juhaa.

Juha oli nuorempana lukenut melko paljon, mutta jossain vaiheessa elämäänsä oivaltanut internetin olevan täynnä tietoa ja että elokuvat sopivat paremmin hänen lyhytjännitteiselle luonteelleen. Juhalla oli myös kevyen tarinan kaipuu, joten hän nappasi vielä mukaansa pokkarin, joka kertoi elämässään hukassa olevasta nuoresta miehestä. Juhan mielestä kirja vaikutti hieman tyhmältä verrattuna kirjallisuuden suurimpiin klassikoihin, mutta eihän hänen mielestään kaiken tullut aina olla laadukkaimmasta päästä. Kirja antaisi Juhalle

100

muuta ajateltavaa, eikä ollut tarkoitettu otettavaksi liian vakavasti.

19.

Juha oli eräänä päivänä töissä kahvia keittäessä tutustunut Timoon, yhteen Hypnoosin kahdesta graafisesta suunnittelijasta. Timo oli pyytänyt Juhan kanssaan oluelle. Juha oli suostunut, ja miehet olivat töiden jälkeen suunnanneet grillille, jossa hampurilaiset syötyään, he olivat päätyneet Arkku-nimiseen baariin, joka sijaitsi aivan kaupungin keskustan liepeillä.

"Mä en ole koskaan täällä käynytkään", totesi Juha suunnistaessaan Timon kanssa baarin ainoaan vapaaseen ikkunapöytään. Arkku oli sisustukseltaan puuteemainen baari, joka vaikutti Juhan mielestä nimestään huolimatta viihtyisältä.

"Tässä on mun mielestä tosi kivaa katsella ohikulkevia ihmisiä, varsinkin talvisin. En tiedä miksi, mutta erityisesti silloin", Timo sanoi ja otti huikan oluestaan.

"Harrastatko sä jotain? Onko sulla kiinnostuksen kohteita?" Timo kysyi katsoen Juhaa suoraan silmiin.

"No, elokuvia tulee katsottua jonkin verran, mutta mun on pakko myöntää, että ei ole sen ihmeellisempiä harrastuksia. Viikko sitten hommasin pari kirjaa ja niitä olen lueskellut, mutta en silleen, että olisin koko ajan lukemassa. Mä olen tällainen vähän tylsä ja pöhkö tyyppi. Harrastatko sä jotain?"

"Joo, mä harrastan kaunokirjallisuutta. Lukiessa sitä sivistyy siten, että sitä ei oikein itsekään huomaa", totesi Timo.

"Mäkin joskus nuorempana lukion innoittamana luin, mutta se jäi aikanaan. Mun mielestä netti on siitä hyvä, että siellä on kaikki tieto", totesi Juha.

"Totta, mutta se ei ole sama asia. Kirjoittaminen on ajattelua ja lukeminen on ajattelemaan opettelemista. Mulla se juttu menee niin, että mussa resonoi juuri romaanit. Me ihmisethän ollaan erilaisia", Timo sanoi.

"Toi kirjottamis-lukemis-ajattelemis -juttu oli hyvin sanottu", Juha sanoi hymyillen.

"Varastettu joltain, en muista keneltä", sanoi Timo naurahtaen.

Miehet sopivat käyvänsä viikonloppunakin oluella. He olivat puhuneet, että eivät kävisi Monkeyssa, koska saattaisivat törmätä Siniin. Timo sanoi, että hän oli ollut aivan varma, että Juha olisi sateenkaariväkeä, Mutta Juha totesi, ettei tuntenut seksuaalista viehtymystä miehiä kohtaan. Hän sanoi, että häntä luultiin milloin miksikin, eikä sillä ollut hänelle mitään merkitystä. Timo pahoitteli, ja Juha totesi, että "pikku juttu". Juha sanoi, että homoseksuaaleissa oli hänen mielestään paljon sympaattisia tyyppejä, eikä jaksanut olla ketään vastaan seksuaalisen suuntautumisen takia. Timo oli samaa mieltä. "Tyhmää tuomita sellaisen takia", hän sanoi.

Timo oli ulkoiselta olemukseltaan samantyyppinen kuin Juha, mutta oli persoonaltaan vakavampi. Hän ajoi mustalla ministeritason autolla, eikä häntä haitannut näyttää kanssaihmisille, että oli rikas. Timolla oli avovaimo, Riikka, jonka kanssa hän asui omakotitalossa kaupungin laidalla. Timo oli kertonut, että he olivat kihloissa, mutta eivät jaksaneet kiirehtiä naimisiin menon kanssa. "Ehkä ensi kesänä, täytyy katsoa", hän oli sanonut.

Tuli lauantai, Timolta kilahti Juhan puhelimeen viesti. Hän oli menossa Riikan kanssa ravintolaan syömään ja olisi sen jälkeen vapaa tapaamaan Juhan. Hän ehdotti, että voisi tulla käymään Juhan kotona, johon Juha vastasi, että "tervetuloa kummallekin" ja laittoi viestiin osoitteensa. Riikalle ei sopinut, koska hän viettäisi kavereidensa kanssa tyttöjen iltaa.

Juha imuroi nopeasti ja kävi kaupassa. Hän osti olutta ja ruokatarvikkeita, varautuen siihen, että he jäisivätkin Timon kanssa istumaan iltaa hänen luokseen.

Timo saapui Juhan kotiin ja suuntasi heti ensimmäiseksi hänen levyhyllylleen. "No tämähän menee ihan harrastuksesta. Voinko laittaa jotain soimaan?"
"Tottakai", Juha vastasi. "Otatko oluen?"
"Toki. Sulla ei taida olla kirjoja." Timo sanoi hieman tylyllä äänensävyllä.
"Mä olen myynyt ne jo ajat sitten", Juha totesi. "Tai on mulla pari, mutta ne eivät kylläkään edusta mitään korkeakulttuuria."
Juha kävi hakemassa uudet kirjansa makuuhuoneesta. Timo laittoi musiikkia soimaan ja nappasi käteensä Juhan hänelle ojentamat teokset.
"Nämähän ovat ihan okei tavaraa. Kai…"

Juha totesi, että oli halunnut pitkästä aikaa herätellä vanhaa harrastusta ja sanoi käyneensä läpi myös historian, lähinnä 1900-luvun, merkkiteoksia. Hän luetteli muutaman nimen ja ne olivat kaikki Timolle tuttuja. Juha sanoi hieman selitellen: "Mua kiinnostaa tossa Järkikäteen-kirjassa toi muutos osuus ja toi toinen oli ihan vaan heräteostos."

Timo nyökytteli, eikä sanonut sanaakaan.

Miehet istuivat sohvalle. Juha sanoi varanneensa olutta ja ruoka-aineita, eikä heidän välttämättä tarvitsisi lähteä ulos. Illan viettäminen Juhan luona kävi Timolle, hän ei enää jaksanut lähteä minnekään.

Timo kysyi Juhalta, uskoiko hän Jumalaan.

"Joo, tottakai. Mä en aina muista, että Jumala on olemassa, mutta kyllä mä Häneen uskon. Mä olen kylläkin eronnut kirkosta, mutta mä olen joskus parin entisen kaverin innostamana ollut kiinnostunut uskonnoista ja henkisyydestä."

Timo kysyi, miten Juha näki totuuden menevän. Juha totesi, että hän ei jaksanut liikaa vaivata päätään sillä, mistä ei voinut olla täysin varma, mutta tiesi, että voisi luottaa Jumalaan ja siihen, että kaikki olisi lopulta hyvin.

Juhan kysyttyä Timolta, mistä tässä kaikessa hänen mielestään oli kyse, hän vastasi, että oli Juhan kanssa samoilla linjoilla. Timo ei kylläkään ollut eronnut kirkosta. Hän uskoi sielunvaellukseen ja sanoikin pyrkivänsä keräämään mahdollisimman paljon hyvää karmaa.

Juhasta oli mukavaa olla sellaisen miespuolisen ihmisen seurassa, joka ei ollut hullu tai kommunisti, vaan järkevä ihminen, jolla oli hyvä itsetunto ja hienoja ajatuksia. Hän jätti tämän kuitenkin sanomatta, koska ei halunnut puhua kavereistaan pahaa, tai vaikuttaa nuoleskelijalta. Juha oli jo pitkään odottanut tutustuvansa ihmiseen, joka ei kuulunut alempaan yhteiskuntaluokkaan tai ollut muuten vaan sekaisin.

Timon mielestä itämainen filosofia oli avain onneen, kunhan ymmärsi, että olemme itse vastuussa itsestämme, emmekä roikkuneet toisten ihmisten mielipiteiden aikaansaamassa löysässä hirressä.

Timo kertoi kuuluvansa rikkaaseen sukuun ja olevansa jatkuvasti harmissaan sen takia, että kaikilla ei ollut sitä, mitä hänellä oli. Hän oli kuitenkin päättänyt nauttia elämästä ja kaikista niistä mahdollisuuksista, joita hänelle oltiin suotu. Juha oli sitä mieltä, että olisi hassua olla käyttämättä rahaa kaikkeen kivaan, jos sitä oli. Timo oli iloinen, että Juha ymmärsi häntä. He olivat löytäneet yhteisen sävelen, ja jo hieman humalainen Timo sanoi toivovansa, että he olisivat jatkossakin kavereita. Juha vastasi, että olisi "mielellään".
"Kippis sille", Timo sanoi.

20.

Elettiin huhtikuun loppua. Sinin istui kotonaan olohuoneen sohvalla ja ajatteli Juhaa, joka oli poissa. Sinin ja Olavin suhde oli ollut pettymys. Olavi oli aluksi saanut Sinin uskomaan, että rakastaisi häntä pyyteettömästi ja että rakkautta olisi luvassa ikuisesti. Kun Olavi oli vaatinut yhteen muuttamista, Sini oli todennut, että hän ei luultavasti koskaan olisi valmis asumaan kenenkään kanssa yhdessä. Olavi oli kiukutellut joka kerta, kun he olivat tavanneet ja sitä oli jatkunut kunnes Sini oli päätynyt potkaisemaan Olavia kiveksille. Olavi oli kaatunut maahan ja sanonut sikiöasennossa maatessaan, että Sinin kannattaisi olla yhteydessä asianajajaan.

Mutta Sini olikin heti soittanut Mirkalle, jolle oli kertonut kaiken tapahtuneen ja oli kysynyt, että olivatko he yhä ystäviä. Mirka oli vastannut myöntävästi. Hän oli lisännyt, että Olavin ilkeälle ja ihmisvastaiselle käytökselle olisi tultava loppu. He sopivat, että Olavi joko pyytäisi Siniltä anteeksi kiukutteluaan tai hänen työsuhteensa lopetettaisiin. Mirkan isäkin oli ollut asiassa Sinin puolella. Hän olikin odottanut, milloin Olavi sekoaisi ja pelännyt, että hän tekisi Mirkalle jotain katalaa. Olavi oli pyytänyt myöhemmin anteeksi ja saanut pitää työnsä.

Sini istui Timon vieressä. He nauroivat televisiosta tulevalle pöhköilylle. Sini tarttui Timoa kädestä ja puristi sitä lujasti. He olisivat aina yhdessä.

Osa kaksi, psykoosi

21.

Juha istui huoneensa sängyllä ja odotti, että lääkäri tulisi tapaamaan häntä. Juha oltiin siirretty psykiatriselle osastolle kolme vuorokautta sitten ja siitä oli nyt kymmenen vuorokautta, kun hänet oltiin tuotu sairaalaan.

Antti oli eräänä päivänä käynyt Juhan kotiovella, koska Juha ei ollut vastannut hänen puheluihinsa. Juha oli avannut oven pelkkä lakana yllään. Hän oli ihmetellyt, kuka Antti oli ja kysynyt, millä planeetalla nyt oltiin. Antti oli vastannut, että Maa-planeetalla ja lisännyt, että Juha vaikutti jotenkin psykoottiselta. Juha oli lopulta muistanut, että Antti oli galaksien välisen liiton suurin shakkimestari ja päästänyt hänet sisään asuntoonsa, joka oli ollut sotkuinen ja likainen.

Antti oli soittanut hätänumeroon ja ilmoittanut, että oli juuri saapunut aivan sekaisin olevan kaverinsa kotiin, joka tarvitsi apua. Antti oli luvannut odottaa Juhan luona, kunnes ensihoitajat saapuisivat paikalle. Juha ei Antin läsnäollessa tehnyt muuta kuin suurta ja mahtavaa palapeliään, joka oli ilmaisjakelulehdistä reittyjen palojen yhdistelemistä.

Juha oltiin viety ambulanssilla akuuttiosastolle ja häntä oltiin pidetty siellä, kunnes hänet oltiin saatu ymmärtämään, että kaikki oli hyvin ja että hänellä oli

108

vain elämässään meneillään hankala jakso. Juha oli alkanut sairaalassa muistamaan, kuka oli ja ymmärsi, että oli sairaalassa psykoosin takia. Juhaa riivasi äänet, näköharhat sekä vaaleanpunainen elefantti, joka sanoi hänelle ilkeitä asioita. vuorten noidat ja joulupukki olivat tulleet hänelle myös tutuiksi. Hän oli sekaisin.

Kaikki oli Juhalle nyt uutta ja pelottavaa, mutta hän oli onnekseen sairaalassa turvassa. Juhalta oltiin otettu tutkimuksia varten kaksi kertaa verta ja hänelle oltiin aloitettu lääkitys, joka teki hänen olonsa tokkuraiseksi, mutta jonka oltiin luvattu vähentävän harhoja.

Muiden osaston potilaiden kanssa Juha ei halunnut olla tekemisissä, mutta oli keskustellut sairaanhoitajien kanssa. Juha ei ollut puhunut paljoa ja oli vakuuttunut, että oli joutunut toiseen maailmaan. Hänelle luvattiin, että hän saisi asiansa kuntoon.

Juhaa saapui tapaamaan hänen vihreäksi maalattuun huoneeneensa hänen silmäänsä noin viisikymmentä vuotias, rauhallisen oloinen naislääkäri, joka aloitti: "Hei, Juha. sä siis näet jonkun vaaleanpunaisen elefantin. Olenko ymmärtänyt oikein?"
"Juu, kyllä. Mä näin sen ensimmäistä kertaa ajat sitten unessa, mutta mä en täysin muista milloin. Se piruilee mulle jatkuvasti kaikenlaista kummaa ja nauraa äänten kanssa milloin millekin asialle, mikä liittyy mun historiaan ja olemukseen... Se käy nytkin välillä täällä, se vetää mun mielen tosi matalaksi."

Lääkäri kurtisti kulmiaan ja kysyi: "Miten ne muut harhat, ovatko ne sun mielestä yhtä rankkoja?"

"Ei ne niin pahoja ole. Joskus näyttää, että jokin esine saattaa venyä, tai on jotain hahmoja. Tai äänet..."

"Hahmoja?" lääkäri keskeytti Juhan.

"Juu, kyllä. Ihmisiä ja kaikenlaisia muita olentoja. Ne välillä pelottaa mua tosi paljon, mutta ne eivät ole yhtä pahoja, kuin se elefantti tai äänet", sanoi kostuneita silmiään pyyhkivä Juha.

"Mistä ne puhuvat? Mitä ne sanovat?"

"Ne ovat tässä viime päivinä muistuttaneet mua siitä seikasta, että olen ollut töissä naisvaltaisella alalla. Se on yksi jatkuva pilkan aihe. Mä juopottelin aika paljon ja sanoo mua tyhmäksi alkoholistiksi ja..."

"No oletko alkoholisti?" keskeytti lääkäri.

"Taidan olla", vastasi Juha hieman nolona. "Sitä on toisinaan jotenkin vaikeaa myöntää."

"No, parempi vaan myöntää tosiasiat. Se on hyvä juttu pään terveyden kannalta."

"Niin mäkin olen ymmärtänyt. Mä olen itsetuntemuksen kanssa vaan niin alussa, että mä en edes meinaa jaksaa aloittaa. Mä en halua olla mikään myöhäisherännäinen."

Lääkäri ihmetteli Juhan outoa ja epäloogista tapaa ajatella ja sanoi, että "parempi myöhään kuin ei milloinkaan. Ihan oikeasti".

Taas oltiin kliseiden äärellä, mietti Juha. Hänelle määrättiin lääkeannoksen nosto.

Psykiatrian osaston elämää kannatteli rutiinit. Herätys oli kahdeksalta ja lääkkeiden ottaminen ja ruokailut olivat

110

rutiinien kulmakivi. Juhaa käytiin tapaamassa päivittäin, koska hänen ei tehnyt mieli käydä huoneensa ulkopuolella. Hänen annettiin toipua rauhassa psykoosin rankimmasta vaiheesta, mutta häntä yritettiin välillä ohjata käymään osaston yhteisissä tiloissa. Juhan ei kuitenkaan tehnyt mieli olla muiden potilaiden seurassa.

Juha aloitti kaksi viikkoa sairaalassa oltuaan keskusteluterapian, jonka oli tarkoitus lisätä hänen itsetuntemustaan ja ohjata hänen psyykettään muutenkin terveempään suuntaan. Juhasta kaikki oli kummaa ja hän ihmetteli vieläkin, että kaikista ihmisistä juuri hän oli se hullu. Terapeutti oli todennut, että niin se asia vaan nyt meni, että Juhan olisi aika hyväksyä tosiasiat.

"Kertoisitko vähän sun lapsuudesta? Ihan jotain vaan, mitä tulee mieleen", terapeutti kysyi pehmeällä äänellä.
Juha mietti hetken ja sanoi: "Meidän elämä oli melko normaalia, kunnes meidän porukat erosi mun ollessa kymmenvuotias. Tai ei meillä mikään ihan normaali perhe ollut, mutta asiat oli edes ulkoisesti hyvin. Tai, että oli rahaa. Vaikka raha ei ole kaikki kaikessa, niin joskus oltiin vähän kuin muut."
"Ymmärrän. Millä tavoin perheenne ei ollut normaali?"
Juhan ei tehnyt mieli sanoa mitään, mutta hän totesi lopulta: "Kotona oli koko ajan menossa show. Siellä jotenkin leikittiin elämää ja mun mielestä kai pilkattiin kaikkea normaalia ja tavanomaista. Kaikki olivat aina omissa oloissaan, eikä meillä ollut samanlaista yhteishenkeä, kuin muilla perheillä, joita mä olen tiennyt.

111

Televisio oli koko ajan päällä, mikä osoittaa mun mielestä jotenkin huonoa makua, tai on jotenkin epäaitojen ihmisten merkki. Se vekotin on lopulta melko epäaitoa täynnä."

Terapeutti oli hetken hiljaa ja kysyi sitten, että vainottiinko Juhaa hänen mielestään. "Onko maailma sun mielestä sua kohtaan tyly?"

Juha ei meinannut kyetä vastaamaan kysymykseen, mutta lopulta totesi, että hänestä oli jo pitkään tuntunut, että kaikki ei ollut sitä, miltä näytti. Hänen mielestään hänen ympärillään oli lähinnä pelkkiä näyttelijöitä. "Olenko minä näyttelijä?" terapeutti kysyi.

Juha mietti hetken ja sanoi: "En tiedä. Terveysväkeen tulee luotettua ihan eri tavalla, kuin muihin ihmisiin. Jos mä en usko teidän hyvyyteen, mulla ei ole mitään."

Juha sai myöhemmin skitsofreniadiagnoosin, mikä oli yhtä aikaa sekä helpotus että järkytys. Nyt hänen vaivallaan oli nimi, jonka kautta hän pystyi ymmärtämään itseään paremmin. Mutta Hän oli nyt virallisesti sairas ihminen.

"Skitsofrenia, onko kamalampaa sanaa?" Juha sanoi diagnoosista kertoneelle lääkärille.

"Kyllä, se on rankka sana ja sitäkin rankempi sairaus", lääkäri sanoi ymmärtävästi.

22.

Kului viikko ja Juhalle ilmoitettiin, että hän voisi lähteä käymään hoitajan kanssa pienellä kävelyllä sairaalan alueella. Juha kieltäytyi aluksi, mutta hänet saatiin pienen keskustelun kautta vakuuttuneeksi siitä, että hänelle ei kävisi mitään pahaa, päinvastoin. Lopulta Juha suostui.

Sairaalan alueella liikkui ihmisiä, joihin Juha vasta nyt ymmärsi suhtautuvansa äärimmäisellä ja loputtoman tuntuisella pelolla. Hän totesi hoitajalle, että hänestä tuntui siltä, että häntä vainottiin. Hänen mielestään häneen pyrittiin vaikuttamaan erilaisin kehon liikkein. Hoitaja totesi, että Juha vain luuli niin ja hänen pitäisi päästä ajatuksesta yli. He kävelivät sairaalan rakennuksen ympäri ja palasivat takaisin osastolle. Hoitaja sanoi Juhalle, että hommat menivät niin hyvin, että lähtisivät käymään huomenna Juhan kotona. Juha saisi osastolle omat vaatteensa ja omia tavaroitaan.

Aamu tuli Juhan mielestä liian aikaisin. Hänen ei tehnyt mieli lähteä ainoaksi turvalliseksi kokemastaan paikasta, sairaalasta. Juha oli kuitenkin lopulta mielissään, koska saisi mukaansa omia tavaroitaan. Hän sai rauhoittavan lääkkeen, jotta kotona käyminen olisi hänelle helpompaa. Juha ja hoitaja saapuivat Juhan kotiin. Juha joutui häpeäkseen myöntämään, että oli psykoosin pahimmassa vaiheessa sotkenut asuntonsa. Huoneisto ei ollut äärimmäisen likainen, mutta siellä oli tavaroita hujan hajan ympäri asuntoa. Olohuoneen matossa oli ikävän näköinen tahra, jonka Juha peitti lattialta löytämällään paidalla. Juha pahoitteli, että hoitaja joutui todistamaan asunnon sotkuista olemusta, johon tämä sanoi, että "ei haittaa". Juha sai mukaansa vaatteita, puhelimen, lompakon, kuulokkeet ja kannettavan tietokoneen.

Jääkaappi tyhjennettiin ja sen sisältö vietiin taloyhtiön jätesäiliöön. Hoitaja sanoi: "Tästä hetkestä alkaa kuule jotain uutta, tämän mä olen nähnyt monta kertaa. Kun saa omia vaatteita ja tavaroita osastolle, niin siitä se homma lopullisesti alkaa. Nimittäin lopullinen kuntoutuminen."

Juha oli mielissään hoitajan sanoista, vaikka koki, että ei ikinä voisi parantua sairaudestaan.

23.

Juha istui terapeuttia vastapäätä. Terapeutti aloitti: "Noniin, miltä tänään tuntuu, mikä on päivä sana?" Juha mietti hetken ja aloitti: "Mä olen pikkuhiljaa hyväksymässä sen, että mä olen vakavasti sairas. Mulla on tässä viime aikoina ollut ihan hirveästi vainoharhaisia ajatuksia. Mä jotenkin koen, että kaikilla on jonkinlainen tarkoitus ohjelmoida mua tekemään itselleni jotain."
Millä tavalla ohjelmoida?"
"Jotenkin saada mut matkimaan niitä ja niiden joitain käyttäytymisviestejä. Tai jotain. Ne saattaa myös jollain mulle tuntemattomalla tavalla ohjelmoida mua, mutta kuitenkin olemalla tietynlaisia ja käyttäytymällä tietyllä tavalla."
"Käyttäytymisviestejä, mielenkiintoista. Mitä sua yritetään saada tekemään?"
"No jaa. Se vähän riippuu tyypistä ja sen persoonasta. Kai mua halutaan saada tappamaan itseni." Juha meinasi alkaa itkemään, mutta ei halunnut vaikuttaa heikolta, joten taisteli surun ja epätoivon tunnetta vastaan.
"Ei kukaan yritä sellaista, Juha. Me ihmiset ei olla sellaisia. Sun täytyy ymmärtää se, että sä istut siinä, koska sä olet sairas. Nämä ovat juttuja, jotka tapahtuvat joillekin ihmisille, sille ei voi mitään. Sä et ole sanonut vieläkään mulle mitään, mitä mä en olisi koskaan kuullut. Näitä psykooseja on monella ja kaikissa samoja juttuja."

Juhaa lohdutti ajatus siitä, että ei ollut ainoa, joka paini mielenterveyden ongelmien kanssa.

"Oletko tyytyväinen siihen, kuka olet? Koetko tyytyväisyyttä itseesi?" terapeutti kysyi.
Juha ihmetteli hetken kysymystä, johon lopulta vastasi.
"En osaa sanoa. Mä olin töissä myyjänä ja assistenttina. Kumpikaan homma ei ollut sitä, mitä mä olin joskus ajatellut tekeväni."
"Sä siis näet itsesi paljon sen kautta, minkälaista työtä sä teet. Vai olenko väärässä?"
"Et lainkaan. Mä olen siitä kyllä melko katkera, että mulle ei ollut parempia hommia."
"Onhan sitä elämässä muutakin kuin työ", sanoi terapeutti. "On harrastusta, on ihmissuhteita, on hyvää ruokaa. On vaikka mitä."
"Jaa. No, mä join siihen tyhjään tunteeseen, mikä mulla oli. Mä taisin kyllä alkaa alunperin juomaan, koska mua alkoi jossain vaiheessa jännittämään ihmisten seurassa."
"Ymmärrän, mitenkäs ne harhat?"
"On niitä, mutta elefanttia ei ole näkynyt muutamaan päivään", sanoi Juha hieman nolona hymyillen, kuten nykyään joka kerta, kun elefantista puhuttiin.

Juha ja terapeutti keskustelivat Juhan historiasta. Juha totesi, että ei ollut aivan varma, mutta hänen vanhemmillaan varmaankin oli jonkinlaisia mielenterveyden ongelmia. Niin hänelle oli hänen veljensä joskus sanonut.

Terapeutti sanoi, että moni paini mielenterveyden ongelmien kanssa. "Siinä ei ole mitään hävettävää", hän sanoi.

24.

Juhan olo alkoi puolentoista kuukauden sairaalassa viettämänsä ajan jälkeen kohentua ja hän alkoi käydä itsekseen osaston ulkopuolella sairaalan kahviossa. Osaston numero kahdeksan sairaanhoitajatkin sanoivat hänen olemustaan jäsentyneemmäksi. Harhat olivat kuitenkin vielä niin häiritseviä, että Juha vietti suurimman osan ajasta huoneessaan. Juhaa vaivasi äänet, jotka pahimmillaan kommentoivat ivallisesti hänen jokaista liikettään. Juhan elämä perustui lähinnä osaston rutiineille, sekä satunnaisille ulkoiluille.

Kahden kuukauden suljetulla osastolla osastolla vietetyn ajanjakson jälkeen Juhan oli määrä tavata lääkäri, jonka huoneeseen hän saapui sairaanhoitajan saattamana. "Noniin, Juha. Sinun tilasi alkaa pikkuhiljaa menemään siihen suuntaan, että me oltaisiin siirtämässä sinua tällaiseen avohoitoyksikköön. Sinä olet kuulemma sitä mieltä, että kotiin ei oikein uskalla palata, joten meillä olisi tarjota sinulle jotain muuta. Kyseessä on mielenterveyskuntoutujille tarkoitettu yksikkö kaupungin laitamilla. Kiinnostaako sellainen?"
"Kyllä, se käy todella hyvin."
Saattajana toimiva sairaanhoitaja sanoi: "Juha on ollut rauhallinen ja hyvä tapaus muuten, mutta hän ei oikein meinaa kyetä olemaan muiden potilaiden seurassa. Siellä kuntoutusyksikössä sä saisit, Juha, mahdollisuuden ottaa kontaktia muihin ihmisiin, jotka ovat elämässään samassa tilanteessa sun kanssasi."

"Ja vähän enemmän samantyyppisiä, kuin nämä täällä meillä", lääkäri lisäsi. "Sun muuttosi voisi tapahtua vielä tällä viikolla."

Juha kiitti mielessään Jumalaa, minkä jälkeen hän sanoi lääkärille, että olisi valmis muuttamaan vaikka heti. Hänestä tuntui hyvältä, että asiat olivat menossa parempaan suuntaan. Lääkäri kysyi, olisiko Juhalla jotain kysyttävää. "Ihan mitä vaan."

Juha vastasi, että ei keksinyt mitään, johon lääkäri ilmoitti, että "se siitä sitten, hyvää jatkoa".

Juha kiitti ja poistui sairaanhoitajan kanssa lääkärin huoneesta. Juha tunsi olonsa pitkästä aikaa iloiseksi.

Osa kolme, poissa

25.

Kuntoutusyksikkö sijaitsi useamman kilometrin kaupungin keskustasta etelään. Paikka muistutti Juhan mielestä suomalaista mökkiunelmaa luonnonkauniine maisemineen. Lähellä oli järvi, jota ympäröi kaikkialla metsä. Juha oli kokenut olevansa paratiisissa, kunnes äänet alkoivat piinata häntä sanoen, että hän ei kuulunut tuohon kauniiseen ympäristöön.

Lähellä oli kauppa, jossa Juha kävi kuntoutusyksikön ohjaajien ja muiden asukkaiden kanssa kaksi kertaa viikossa. Psykoosi invalidisoi Juhaa yhä siten, että hän ei juurikaan kyennyt käymään missään, koska pelkäsi ihmisiä. Hän haaveili muutosta etelään, mutta ajatteli, että siellä ei olisi hänelle enää mitään. Häntä tosiasiassa pelotti, että saattaisi törmätä siellä vanhoihin tuttuihin. Sama pelotti häntä myös kaupungissa. Juha häpesi sairastumistaan, minkä takia hän halusi pitää matalaa profiilia.

Muut asumisyksikön asukkaat olivat rauhallisia ja hiljaisia ihmisiä, jotka myös kärsivät psykoosisairauksista. Juhaa harmitti ajatus, että oli samanlainen kuin nämä hiljaiset ja onnettomat ihmiset, joiden kanssa hän nyt jakoi elämänsä.

Juhaa kehotettiin usein yksikön ohjaajien toimesta lähtemään ulos kävelylle. Hänen tulisi avata itseään maailmalle ja siedättyä sairaalajakson jälkeen kaikelle, mikä häntä ahdisti. "Voisi mieli kirkastua, jos alkaisit oikein kunnolla avautumaan ihmisille ja ihmisten tavoille", yksi ohjaajista oli sanonut.

Juha päätti eräänä tiistai-iltana kokeilla, josko neuvo olisi toimiva ja lähti käymään kaupalla. Juha ajatteli, että kävisi ostamassa salmiakkikaramelleja. Ulos pääseminen tuntui hyvältä. Lämmin tuuli hyväili Juhan kasvoja, kun hän käveli aurinkoisena kesäisenä iltana kaupan suuntaan. Yhtäkkiä hän päättikin kävellä tienviertä kaunistavaan mäntymetsään, joka tuntui kutsuvan häntä luokseen. Juha pääsi pienelle kalliolle, jonka korkeimpaan kohtaan hän kiipesi ja katsoi taivaalle. Hän kuuli aluksi etäistä huminaa, joka vahvistui. Taivaalla oli jotain, mikä liikkui häntä kohti. Puiden oksat huojuivat villisti ilmavirran vaikutuksesta.

Juha oli kuullut lentävistä lautasista, mutta ei ollut koskaan uskonut näkevänsä sellaista. Hän oli myös psykoosin takia menettänyt täyden luottamuksen havainnointikykyynsä, joka ei ollut palvellut häntä viime aikoina erityisen hyvin. Hän vain tyytyi toteamaan itselleen, että hulluus nyt vaan oli tällaista. Juhan silmissä sumeni hetkeksi ja hän tunsi jonkin hellän, mutta vahvan tarttuvan hänen koko kehoonsa. Nostosäde tuntui siltä, kuin hänen koko kehossaan olisi päästä jalkoihin ollut painetta. Juha tajusi vasta hetken kuluttua, että hän oli muutaman metrin korkeudella kallion huipusta ja nousi koko ajan ylemmäs. Hän katsoi ylöspäin ja näki aluksen pohjassa aukon, jota kohti hiljaa nousi. "Ei helvetin helvetti, tämä ei ole totta!" hän huusi ja yritti rimpuilla irti, mutta häneen vain tartuttiin lujemmin. Juha nukahti.

Juha heräsi metalliselta pöydältä. Huone oli tyhjä ja valaistu kevyesti kellertävällä valolla. Huoneessa oli suuri, himmennetty lasi, jonka takana hän näki hahmon sekä liikettä. Olisiko siellä olentoja, joita Juha ei ollut valmis kohtaamaan? Juha hieroi silmiään ja painoi etu- ja keskisormensa silmiinsä niin, että häntä sattui. Juha ei ollut vain järkyttynyt, vaan niin sekaisin hämmennyksestä, että hän meinasi pyörtyä. Oliko hän taas psykoosissa? Oliko tämä totta? Kuka ikinä ikkunan takana olikin, oli tämän oltava Juhan mielestä vihamielinen häntä kohtaan.

Yhtäkkiä Juha kuuli päänsä sisällä äänen, joka puhui hänelle suomea. "Heippa, olemme hassuttelijat! Älä, ystävämme ole vihainen, että olemme kaapanneet sinut alukseemme."
Juha kuuli toisen äänen sanovan: "Senkin pyllykkä. Mehän sovittiin, että sä et ala hölmöilemään. Anna mä hoidan tämän."
Juha ei ollut koskaan ollut yhtä peloissaan kuin nyt. "Miksi teette minulle näin? Missä minä olen? Keitä te olette?"
"Älä sitten suutu, ystävämme hömppäläinen. Olet mielestämme hieman hassu ja pöhköilimme vain. Et ole kaapattu, vaan pelastettu hulluudelta sekä mitättömältä elämältä. Viemme sinua juuri nyt emoalukseemme,

122

suurimpaan ylpeyden aiheeseemme, jossa aloitat uuden elämän kanssamme. Mutta nyt olet ensisijaisesti tutkimuskohde."
Juha huomasi odottavansa, että havahtuisi kohta mielisairaalassa ja saisi kuulla, että olisi taas päätynyt psykoosin rumaan maailmaan. Hän odotti hetken vaaleanpunaisen elefantin saapumista eteensä pilkkaamaan häntä, mutta kuulikin taas äänen päänsä sisällä sanovan: "Emme ole laittaneet mitään pyllyysi, meitä uuden ajan avaruustyyppejä ei kiinnosta sellainen. Emmekä voi muuta kuin pahoitella tapahtunutta. Ole iloinen, sinun ei tarvitse enää kärsiä. Kaikki tulee kuntoon, ihan kaikki."

Meni jonkin aikaa, kun Juha näki oven kaltaisen pyöreän luukun avautuvan. Lattialle heitettiin paperikääre ja juomapullo, jonka jälkeen hän kuuli juoksuaskeleita ja jotain, mikä kuulosti lapsen naurulta.

Juha käveli huterin jaloin, pelosta täristen kääreen luo ja avasi sen.
"Voimme taata, että herkku vie kielen mennessään, sekä täyttää masusi."
"Pölhö, pölhö. Et puhu noin hölmösti. Mä en enää ikinä lähde sun kanssasi mihinkään", sanoi toinen hahmoista.
Huone oli jo jonkin aikaa täyttynyt kaasusta. Juhaa nauratti, häntä ei ollut pitkään aikaan naurattanut. Mitä tämä ikinä olikin, oli se Juhan mielestä nyt hauskaa. Hän haukkasi palan patongista ja totesi sen olevan maukasta. Hän otti lattialta pullon käteensä ja käveli metallisen pöydän ääreen.

123

"Pölhö mussuttaja", sanoi ääni hänen päänsä sisällä.

"Keitä te olette?" Juha kysyi katsoen ympärilleen. "Mitä te teette minulle?"
"Olet juuri nyt tarkkailualuksella, joka vie sinua emoalukselle, suureen valkoiseen ihmeeseen, jota kutsumme Taivaansirpiksi. Siellä sinulle tehdään arvio, jonka jälkeen päädyt tutkimustiloihin. Olet tällä hetkellä ilman statusta eli vihollinen, joten pidähän huoli, että et tee mitään hölmöä. Tunnetko suuttumusta?"
"En ollenkaan, mutta kuinka mitään tällaista saa edes tehdä?" kysyi Juha hieman huolestuneena.
"Vastaus on yksinkertainen, olet mielenkiintoinen tutkimuskohde. Olemme myös huolissamme sinusta, joten päätimme pelastaa sinut tyhjältä elämältä. Vaikka olemme tässä hetkittäin pöhköilleet, olemme vakavasti otettavia tutkijoita. Tai oikeammin, olemme vielä opissa."
"Herkkua tämä patonki. Mikä minua vaivaa? Miksi olen näin huoleton? Mitä nyt tapahtuu? Kuka olen?" kyseli Juha ihmeissään, tuntien väsymystä ja onnen tunnetta."
"Z-dioksidi alkaa vaikuttaa, katso noita arvoja. Hyvin menee, Juha, sinua alkaa kohta nukuttamaan. Koeta kestää."

26.

Juha heräsi. Hän makasi sängyllä ja totesi mielessään kaiken olleen pelkkää unta, kunnes näki vieressään seisovan olennon. Hän oli 170 senttimetriä pitkä punainen nainen, joka hymyili Juhalle söpösti. Juha säpsähti säikähdyksestä.

"Tervetuloa humanodialus Taivaasirppiin, yhteen kaikkeuden suurimmista ja mahtavimmista aluksista. Minun nimeni on Uti. Teemme täällä koko universumiin ja muihinkin sen kaltaisiin maailmoihin liittyvää tutkimusta, jonka tarkoitus on meidän humanoidien, toisin sanoen ihmisten tutkiminen ja opiskelu. Autamme myös kehittymättömiä, tai tuhon partaalla olevia ihmispopulaatioita oppimaan luonnon ja hyvyyden arvon. Olemmehan ihmiset luontoa, joka ei aina muista olevansa luontoa. Teemme sinun kielelläsi poikkitieteellistä tutkimusta liittyen kaltaisiimme olentoihin ja heidän elinympäristöihinsä. Olemme, Juha, seuranneet sinua jo pitkään ja tuntuu hassulta nähdä sinut siinä."

"Onko tämä totta?" sai Juha kysyttyä ja huomasi häpeävänsä ajatusta siitä, että häntä oltiin seurattu hänen tietämättään. Mitä he olivatkaan nähneet?

"Kyllä, Juha. Tämä on totta. Miksi ei olisi? Siksikö, että olet menettänyt henkisen terveytesi ja nähnyt ja kuullut harhoja? Epäilet turhaan asioita, joita et täysin vielä ymmärrä. Kaikkeus on suuri ja ihmeellinen." Uti katsoi Juhaa hetken ja jatkoi. "Ensiksi alkaa sopeutus ja sen jälkeen sinua vielä tutkitaan jonkin aikaa. Saat meiltä oppia itsestäsi, lajeistamme sekä kaikkeuden

125

luonteesta, olemuksesta ja sen olennoista. Jos tahdot, voit jäädä tänne elämään kanssamme ja tutkimaan kaikkeuden ilmiöitä. Muistakin, että teemme täällä Jumalan työtä, emmekä halua sinulle pahaa. Maa-planeetalle et enää kuulu, pahoittelut siitä, juuri sinua ei voi palauttaa."

Juha oli ihmeissään, mutta hän alkoi jo tottua ajatukseen, että oli avaruusaluksessa. Hän ei osannut kuin kysyä: "Ei kai tämä tule sattumaan?"
"Ei, Juha", vastasi Uti. "Ei ollenkaan, päinvastoin. Ole iloinen, että et joutunut tarkkailuosastolle, vaan sait itsellesi heti oman huoneen. Olet sen verran säyseä tapaus, että pystyimme toimimaan niin."
Juha katsoi ympärilleen ja kysyi: "Tässäkö huoneessa minä asun?"
"Kyllä, Juha. tämä on sinun hyttisi, huoneesi, asuntosi, kotisi. Sano sitä miksi vain tahdot. Jätän sinut nyt hetkeksi aikaa yksin, jotta voit siistiytyä. Tulen kohta hakemaan sinut pienelle tutustumisreissulle alukseemme. tässä on sinulle hieman evästä, joka ravitsee kehoasi."

Uti poistui Juhan huoneesta. liukuovi sulkeutui ripeästi, aivan kuten oli auennutkin. Juha tuijotti ympärilleen ihmeissään ja otti vaalealta pöydältä käteensä pienen kulhon. Hän alkoi lusikoimaan keittoa suuhunsa ja sai syötyä jotenkin tutun makuisen annoksen loppuun. Juha nousi sängyn reunalta seisomaan. Hän tunsi olonsa huteraksi, mutta tyyneksi.

Huone oli noin viidenkymmenen neliön kokoinen, se oltiin sisustettu tyylikkäästi vaalealla, minimalistisella teemalla. Juha otti ison työpöydän päälle asetetut vaatteet käteensä ja kummasteli niitä hetken, minkä jälkeen ääni hänen päänsä sisällä sanoi, että olisi aika mennä pesulle. "Olemme täällä komentoskeskuksessa ja toivomme, että käyt suihkussa. Utin tapaat sinun aikakäsittein parissakymmenessä minuutissa."

Juha toimi hänelle esitetyn pyynnön mukaan ja käveli suihkuhuoneeseen. Suihku näytti hänen ihmetykseksen sähkökäyttöiseltä. Juha sai koneen toimimaan ja antoi lämpimän veden pestä hänestä kaiken tuntemansa pelon ja hämmennyksen. Hän laittoi ylleen aluksen henkilökunnalta saamansa vaatteet, joita oli lisää huoneen nurkkaan sijoitetussa vaatekaapissa. Valkoiseen asuun sisältyi valkoiset alusvaatteet, valkoiset housut ja kellertävän valkoinen pitkähihainen paita ja punaiset sukat. Vaatteiden materiaali tuntui Juhasta miellyttävältä, hän koki näyttävänsä tyylikkäältä. "Avaruus-Juha", hän sanoi nauraen, katsoessaan itseään suihkuhuoneen peilistä.

Juha vieläkin odotti heräävänsä kuntoutusyksiköstä tai kotoaan kuvitellen, että olisi muuttumassa hyönteiseksi, kuten oli aikanaan luullut hieman ennen kuin Antti oli löytänyt hänet. Juha kuuli ovikellon soivan ja havahtui todellisuuteen. Hän kävi avaamassa oven, painaen sen vieressä olevaa punaista nappia.

Uti seisoi nyt Juhaa vastapäätä. Hän sanoi: "Mennään jo, että keritään näkemään illan show. Meillä eletään jonkinlaisen vuorokausirytmin mukaan ja nyt on ilta. Näytät muuten hyvältä."
Juha kiitti ja laittoi oven vierestä löytämänsä kengät jalkaan. Hän käveli Utin kanssa pitkää käytävää pitkin. "Show on musiikkia. Moni ihminen pitää kyseisestä taidemuodosta. Meillä kuunnellaan vain aggressiovapaata musiikkia. Täällä varotaan vihamielisiä taipumuksia, jotka ovat pääsyy kaikkeen kärsimykseen. Sekä, tietenkin, pahoihin tekoihin", selitti Uti.
Juha ei kyennyt puhumaan, hän vain mumisi ja nyökytteli. Juhaa ja Utia vastaan kulki joukko toisistaan eriävän näköisiä ihmisiä, jotka tervehtivät heitä, sanoen jotain vieraalla kielellä. Juha ja Uti tervehtivät takaisin, Juha nyökäten ja Uti sanoen jotain, mitä Juha ei ymmärtänyt. He kävelivät hissille. Lyhyen hississä seisomisen jälkeen he saapuivat oikeaan kerrokseen. Jostain kaukaa kuului musiikkia, ja Uti osoitti äänen suuntaan.

Baari oli suuri sali, jossa oli satoja istumapaikkoja. Musiikin kuuntelijoita salissa oli hieman alle sata. Musiikki oli rauhallista ja hidastempoista, soittamassa oli Utin sanoin kaikkeuden paras orkesteri. Muusikot olivat ihmisiä, joista yhdellä oli kymmenen sentin mittaiset sarvet, joihin Juha ei voinut olla kiinnittämättä huomiota.

Uti osoitti paikan, johon toivoi Juhan istuvan. Uti sanoi käyvänsä hakemassa heille juomat ja toivoi Juhan

128

odottavan häntä pehmustetussa nojatuolin tapaisessa, jossa hän jo istuikin. Juha mielellään rentoutuisi hyvän musiikin parissa, vaikka tunsi olonsa melko epämukavaksi ja jännittyneeksi. Olihan hänelle tapahtunut jotain, mitä ei hänen mielestään voinut tapahtua. Ei kenellekään.

Uti saapui juomien kanssa. Hän totesi, että Juha ei saisi luultavasti enää ikinä maistaa alkoholia, mutta saisi silloin tällöin juoda rauhoittavan juoman. Ennen kuin Juha ehti kysyä, mitä juoma sisälsi, Uti kertoi, että se piti sisällään rauhoittavaa ainetta, veksetiiniä. "Monilla lajeilla, kuten meillä ihmisillä on tapana käyttää päihdyttäviä aineita. Ongelma on vain se, että monet ovat päätyneet tuhoamaan itseään päihteillä. Meillä saa, töiden ulkopuolella, maksimissaan kolme kertaa kymmenessä vuorokaudessa ottaa jokaiselle lajille erikseen luotua rauhoittavaa ja lievästi päihdyttävää ainetta, sinun kohdallasi veksetiiniä. Nauti juomastasi, se saa sinut rentoutumaan, mikä tekee sinulle kaiken kokemasi jälkeen hyvää."

Musiikki oli Juhalle tärkeä ja rakas taidemuoto. Hän uppoutui eteeriseen melodiaan ja kauniiseen rytmiin. Juoman vaikutus oli rauhoittava. Hän tunsi olonsa pitkästä aikaa rennoksi ja luontevaksi. Juuri nyt Juha ei kaivannut ketään eikä mitään. Hän ei ajatellut kaiholla Siniä, eikä myöskään kaivannut alkoholia. Edellinen elämä tuntui nyt pelkältä kamalalta vyyhdiltä, josta oli hyvä olla erossa. Kaukana poissa.

Kaukana Juha olikin, kohta jo toisessa galaksissa, jossa Taivaansirppiä odotti sen vasta yhdeksäs tehtävä. Nyt kun Homo Sapiensia oltiin tutkittu kymmenisen vuotta, oli tullut aika vaihtaa uuteen työtehtävään, jota Taivaansirpillä odotettiinkin jo innolla. Tuleva tutkimus piti sisällään paljon tyypillistä primitiivisemmän ihmislajin tarkkailua ja opiskelemista.

Utia, joka oli yksi aluksen ylimpiä tutkijoita, pelotti, että he joutuisivat puuttumaan liikaa uusien tutkimuskohteidensa tapoihin elää, minkä seurauksena nämä voisivat menettää aidon olemuksensa. Taivaansirpin tutkimusväen tehtävä oli saada näille ihmisparoille vielä lisäaikaa. Aika, sitä Utin mielestä ei koskaan ollut liikaa. Melankolia ja joskus pelko liittyen aikaan ja sen rajallisuuteen, oli kaikille ihmisille hyvin tyypillinen ilmiö.

Esitys oli ohi, Juha oli mielissään. Hän ei ollut koskaan kuullut yhtä kaunista musiikkia. "Olipa upea show, todella upea. Kiitos, Uti."
"Ole hyvä, Juha. Hienoa, että pidit. Olemme hetki sitten saapuneet madonreiästä galaksiin, jossa seuraava projektimme sijaitsee. Haluatko käydä katsomassa ulos Taivaansirpistä, näkemässä aivan toisen maailman?"
"Tottakai", vastasi musiikin ja veksetiinin rauhoittama Juha. He kävelivät muutaman sadan metrin matkan suurelle näköalatasanteelle, jossa oli muitakin, toisistaan eriävän näköisiä ihmisiä katsomassa suurta esitystä, joka oli heille kaikille uusi ja täysin tuntematon galaksi. Juha ymmärsi ensimmäistä kertaa elämässään,

että kaikkeus sisälsi muutakin, kuin Maa-planeetan, Auringon, Kuun, kaukaiset tähdet sekä riippuvuuksia täynnä olevan olemisen tuskan.

Uti totesi hetken kuluttua, että Juhan olisi nyt lähdettävä nukkumaan. Uuteen totutteleminen oli pitkä ja raskas prosessi. Juhaa väsyttikin jo, eikä veksetiini ollut vielä pitkään aikaan haihtumassa hänen kehostaan. Uti saattoi raukean ja vähäsanaisen tulokkaan hänen asuntonsa ovelle.

Uti näki Juhan aurassa kauneutta, mikä oli hänestä aina yhtä ihmeellistä. Hän oli tutkinut sekä Juhaa että Homo Sapiensia viimeiset kymmenen vuotta, joten tiesi miten olla antamatta Juhalle merkkejä siitä seikasta, että tunsi enemmänkin uteliaisuutta häntä kohtaan. Uti oli itsekin ollut erilainen siellä, mistä hän oli kotoisin. hän tiesi miltä tuntui elää elämää, jossa oli kokonaisuuden palanen, joka ei täysin sopinut siihen kohtaan, johon olisi halunnut kuulua.

Uti saattoi Juhan hänen asuntonsa ovelle. Juha ja Uti toivottivat toisilleen hyvät yöt ja erosivat vähäsanaisesti. Juha kävi heti asuntoonsa päästyään sängylle makaamaan. Entinen elämä tuntui niin kaukaiselta, joltain mihin hän ei kyennyt takertumaan tunteakseen olevansa elossa. Hän taisi olla viimeinkin vapaa. Tästä ei voinut herätä, tämä oli totta.

27.

Juha aloitti kahden viikon Taivaansirpissä asumisen jälkeen opinnot, joiden oli tarkoitus lisätä hänen tietoisuuttaan itsestään sekä lajistaan Homo Sapiensista ja ihmisistä yleensä. Häntä myös samalla tutkittaisiin vielä vuosia aluksen laitteistolla. Juha kävisi oppinsa ensimmäisen osuuden huoneestaan käsin, häntä myös tarkkailtaisiin vielä pitkään. Oppia Juhalle annettaisiin hänen huoneensa nurkkaan sijoitetun screenin välityksellä. Jokaisessa asunnossa oli screenit, joiden kautta aluksen asukkaat saivat informaatiota aluksen tapahtumiin liittyen. Taivaansirpin asukkaat pystyivät myös pitämään yhteyttä toisiinsa screenien välityksellä.

Uuteen tottumisen ja uusien asioiden oppimisen lisäksi Juhan piti myös levätä. Hän oli psykoottisen episodin takia vielä todella väsynyt. Juhan psykoosia hoidettiin erittäin kehittyneellä teknologialla, eikä hän enää ollut kahden viikon Taivaansirpissä vietetyn ajan jälkeen juurikaan sekaisin tai millään tapaa hämmentynyt uuden asuinympäristönsä takia. Juhaa vielä kummastutti erilaiset humanoidit, joista jotkut olivat hänestä rumia ja pelottavan näköisiä ja jotkut todella kauniita ja ihastuttavia.

Taas oli vuorossa lyhyt, juuri Juhaa varten tehty video, jossa kerrottiin ihmislajien populaatioiden vaiheista Maa-planeetan näkökulmasta. Ihmiset elivät ensin metsästäjä-keräilijä -vaiheen, jota seurasi maatalousyhteiskunnan vaihe. Tämän jälkeen tuli

132

teollisen yhteiskunnan vaihe ja sitä seurasi informaatioteknologian jälkiteollinen sivilisaatio. Nyt oli esittelyvuorossa jälkiteollisen sivilisaation maailma.

Juhaan vaikutti vahvasti videossa esitetty toteamus, jonka mukaan viimeisen vaiheen ongelma Homo Sapiensille oli eristäytyminen sekä maailmasta vieraantuminen. Kulttuuri, ystävät ja työ olivat videon mukaan hyviä tapoja pysyä kosketuksissa ihmisyyteen. Aluksella haluttiin dokumentin mukaan vaalia jokaisen yksilön alkuperäistä kulttuuria, mikä vahvisti jokaisen omaa identiteettiä. Taivaansirpillä vallitsi yhtenäiskulttuuri, jonka oli tarkoitus sitoa aluksen olentoja yhteen ja antaa kokemus samankaltaisuudesta, jotta he kokisivat olevansa osa samaa suurta projektia sekä yhteistä olemassaoloa.

Juha oli viettänyt aikaa melko paljon itsekseen, mikä ei haitannut häntä. Häntä ei enää jännittänyt toisten ihmisten seura, vaikka näki huoneensa ulkopuolella jos minkä värisiä ja näköisiä humanoideja. Juha alkoi kokemaan välähdyksiä onnesta, mikä tuntui hänestä erikoiselta. Hän ei jostain syystä kokenut ansaitsevansa onnen tunnetta.

Uti oli osoittautunut mukavaksi ihmiseksi, joka vaikutti aidosti välittävän Juhasta, mikä tuntui Juhasta miellyttävältä. Uti olikin kaunis ja älykäs olento, jonka seura oli Juhan mieleen.

Juha ei vielä tiennyt asiasta, mutta heillä olisi tänään Utin kanssa treffit. Uti oli varannut jo viikko sitten heille pöydän ravintolasta, jossa pidettiin aluksen hienoimmat menot, silloin kun joku sellaisia jaksoi järjestää. Aluksen väki ei järjestänyt yhteisiä juhlia usein, koska jokaiselle oli omat tavat, lepoajat sekä ruokavalio. Taivaansirpillä oli kuitenkin mainio yhteishenki ja välittävä ilmapiiri.

Juha sai screenille viestin: "Moikka Juha, tänään yhdessä syömään? Terveisin Uti."
Juha otti ohuen, häntä varten valmistetun QWERTY-näppäimistön syliinsä ja näpytteli vastauksen. "Tottakai."
Meni jonkin aikaa, kun Juhan asunnon ovikello soi. Juha riensi avaamaan ovea, siellä oli Uti.
"Nyt on aika lähteä ruokailemaan yhteen kaikkeuden hienoimmista ravintoloista", Uti sanoi.
Juhasta oli mukavaa nähdä hänen punainen ystävänsä hyväntuulisena, mutta hän ei jostain syystä uskaltanut kysyä miksi hän oli niin iloisen oloinen. Juhasta tuntui mukavalta ajatus, että se saattaisi johtua hänestä.

"Katsoin tänään sen ihmispopulaatioista kertovan kertovan pätkän", Juha sanoi.
"Mitä pidit?" kysyi Juhan vierellä kävelevä Uti.
"Se oli hyvä kuten kaikki edellisetkin. Jäin vain miettimään, miksi kutsutaan tällaista aikakautta, jossa lennetään ympäri avaruutta."
Uti mietti hetken ja sanoi: "Tätä kutsutaan lopullisen teknologian ajaksi, mutta tähän asti pääsevät vain harvat populaatiot. Maa-planeetalla ollaan jo

134

jonkinlaisessa alussa mitä tulee lopulliseen teknologiaan. Teoriassa kaikki on jo valmista, mutta muuten siellä ei olla ihan sillä tasolla. Mutta kaikki aikanaan, eiköhän sielläkin kolkassa kohta käydä kaikenlaisilla planeetoilla ja sen sellaista. Se on muuten tekoäly, joka niitä videoita sinulle tekee, mitä pidät niistä?"

"Ne ovat todella hyviä, pidän paljon. Tekoäly?"

"Kyllä, Juha. Teidän kielellä tekoäly", sanoi Uti napakasti ja lisäsi: "Niiden videoiden tehtävä on aluksi muistuttaa, mistä sinä tulet ja kuka olet, ei kertoa kaikkea siitä mitä me ihmiset olemme. Lisää tietoa tulee, nyt ollaan vasta alussa."

Juha ja Uti saapuivat ihmisiä täynnä olevaan saliin, jossa oli paljon suuria ikkunoita, joista avautuvaa näkymää Juha jäi tuijottamaan. Hän näki sinivihreän planeetan, joka kellui avaruudessa. Näky oli niin kaunis ja uljas, että Juha ei tiennyt mitä ajatella.

"Se on upea", Uti sanoi. "Uusi tutkimuskohteemme, mitäs pidät?"

"Se on niin pyörryttävän kaunis, että mä en tiedä, mitä sanoa", Juha totesi.

"Menet sinne, niin varmaan saat kiven päähäsi, niin pyörryttävä se on. Meidän seuraava tehtävä on laittaa tuolla vähän asioita kuntoon. Tuon planeetan ihmiset ovat niin hullua sakkia, että tehdään kaikki täältä etänä, toisin kuin teidän planeetalla."

"Jaahas, ollaanko me tavattu aiemmin?" Juha kysyi viekkaasti hymyillen.

"Emme", Uti vastasi.

Juha ja Uti kävivät hakemassa ruoka-annoksensa. Tällä kertaa Juhaa hemmoteltiin juuri samanlaisella pitsalla, jonka oli syönyt Maassa useaan otteeseen. Juha kiitti hymyillen niin, että hänen hampaansa näkyi. He tosiaan tiesivät hänestä paljon.

"Ole hyvä vaan", sanoi Uti ja virnisti söpösti.

Pitsa oli yhtä mainio, kuin Juhan entisellä kotiplaneetallaan syömät, vaikka oliivia olikin liikaa. Juuri oliivia, Juha oli aina toivonut pitsassa olevan enemmän. Uti sanoi, että heidän kokeellinen keittiönsä oli ammentanut paljon juuri Maa-planeetan ruoka-aineista, joita kehuttiin kaikkialla aluksella. Ihmiset Maa-planeetalla panostivat ruokaan ja maan kasvikset sopivat ruoaksi monelle muullekin aluksen ihmislajille.

"Se on ihmeellistä, kuinka vahvasti ruoka onkaan teillä kulttuuria. Ja osaattehan te Homo Sapiensit muutakin, kuin tehdä ruokaa, olette hyvin filosofisia olentoja. Sitä kannattaa olla ylpeä", sanoi Uti.

"Totta, meillä... Tai siellä kaikkea, mitä ihminen tekee, voidaan sanoa kulttuuriksi. Niin olen joskus oppinut. Mukavaa muuten olla kanssasi, Uti", Juha sanoi.

"Niin sinunkin kanssa, Juha. Nautin seurastasi, mutta minun on kerrottava sinulle jotain." Uti oli hetken hiljaa ja sanoi sitten vakavoituen: "Sinä olet ollut yksi tutkimuskohteistani. Tutkimus on vielä kesken, enkä voi viettää aikaa seurassasi niin paljon, kuin haluaisin. Minä myös tahtoisin, kuten meillä päin oli tapana sanoa, olla ystäväsi. Läheisin sellainen."

Juha oli mielissään kuullessaan tämän.

Uti jatkoi puhumista. "Olin erilainen. Siis siellä mistä tulen, olin minäkin erilainen. En meinannut sopia mihinkään porukkaan ja pakenin elämää. Olin vähän samanlainen kuin sinä."

Juha oli hiljaa, hän mietti, mitä sanoa, mutta Uti jatkoi: "Olen kylläkin muuttunut paljon aivan kuten sinäkin tässä viime päivinä. Tehtävämme ei ole vain tutkia ja tehdä töitä, vaan myös elää hyvää elämää. Johtajamme ovat keskustellessamme heidän kanssaan painottaneet juuri sitä, että elämä ei ole vain työn tekemistä."

Hetken hiljaisuuden jälkeen Juha kysyi, minkälaisia heidän johtajansa olivat. Uti kertoi, että he olivat kahdeksan olentoa, joita Juha kutsuisi hiiriksi.

"Oikeasti?"

"Kyllä Juha, tämä koko projekti, ei vain aluksemme, vaan kaikki noin viisisataa alusta, kuuluvat projektiin, jota johtaa olennot, jotka muistuttavat hyvin paljon hiiriä. Tai ovat hiiriä. He sattuvat olemaan superälykkäitä ja pyhiä olentoja. Nisäkkäitä, kuten sinäkin."

Juhaa nauratti. "Ihmisapinat eivät vissiin sitten olla pyhiä olentoja?"

"Jollain tavalla olemme kaikki, mutta emme kuten hiiret. Ja mitä apinoihin tulee, niin olette outoja, mutta ihania", Uti sanoi hymyillen.

"Millaista siellä on, mistä sinä tulet?" Juha kysyi.

"Erilaista kuin teillä. Siellä ollaan jotenkin yksinkertaisempia, mutta analyyttisesti älykkäämpiä kuin teillä. Meillä oli kaikki mitä saatoimme toivoa, mutta onnistuimme lähes tuhoamaan asuttamamme

137

planeetan. Asenteemme luontoa kohtaan muutettiin, ja nyt asiat ovat toisin.

"Täällä asiat näyttäytyvät toisenlaisena. Ei tee mieli kuin vaalia kaikkea hyvää ja korjata kaikki paha ja lopettaa välinpitämättömyys sekä itseään että muita kohtaan tuntemat sotaisat ajatukset", Juha sanoi. Uti hämmästyi. "Oletko jo nyt tuota mieltä? Täällä on monta, jotka näkevät, kuten teillä sanotaan, vain oman napansa ja oikeasti haluaa pahaa."

"On tässä ollut aikaa miettiä ja jotenkin päästää irti sellaisesta tylystä roolista, joka oli jäänyt päälle. Elämä oli ennen jotenkin kaikesta kivastakin huolimatta rankkaa. Mä olen aina ollut tällainen kiltti ja pösilö tyyppi. Nyt mä pystyn olemaan jotenkin rauhallisesti ja jonkinlainen harkintakyky on löytynyt. Sen mukana mä koen löytäneeni omaa itseäni. Olen omasta mielestäni nyt enemmän oma itseni, kuin aikaisemmin."

"Homo Sapiens on kyllä syvällisesti ajatteleva ihmislaji, mutta en odottanut kuulevani sinulta vielä moneen vuoteen tuollaista puhetta. Tekisi mieli kysyä, mille teorialle perustat tuon ydinajatuksen, mutta en jaksa kiusata sinua liioilla kysymyksillä", sanoi Uti hieman yliasiallisella sävyllä.

"Mulla ei ole antaa mitään hienoa teoriaa sinulle, mutta noin intuition tasolla asia tuntuu olevan niin. Tai ehkä mä olen pääsemässä tarpeesta kilpailla muiden kanssa. En tiedä"

"Hienoa", Uti sanoi.

He saivat niitä näitä rupatellen syötyä ruokansa loppuun. Uti saattoi Juhan hänen asuntoonsa. Juuri ennen kun he olivat eroamassa, Uti koski Juhaa olkapäästä hieman epäröiden ja halasi häntä. Juha halasi Utia ja sanoi: "Mulla oli tosi mukavaa tänään. Toivottavasti voidaan ottaa uudestaan joskus toistekin." "Kiitos, minullakin oli kivaa", Uti sanoi. Juhan teki mieli suudella Utia, mutta hän ajatteli, että se saattaisi olla liian aikaista tai muuten vaan epäsopivaa. He olivat niin erilaisia, vaikka olivatkin kumpikin ihmisiä. Uti ei meinannut lopettaa Juhan halaamista, mutta irrotti lopulta otteensa hänestä.

Juha pääsi hyttiinsä. Häntä väsytti ja hän päätti vain mennä nukkumaan. Hän kävi sängylle makaamaan ja mietti kaikkea, mitä kahden viikon aikana oli tapahtunut. Hän ei edes tiennyt, mihin verrata kokemaansa. Jos hänen pitäisi kertoa, mitä hänen elämänsä nyt oli, hän ei olisi edes tiennyt mistä aloittaa. Hän asui avaruusaluksella, jossa oli paljon erilaisia humanoideja, tutkimusta, oppia, äärimmäisen edistynyt teknologia, hiiriä johtajina... Ja Uti. Juha nukahti, niin nukahti myös Uti, joka ajatteli Juhaa. Ja Juha ajatteli häntä.

28.

Juha heräsi ja huomasi ilokseen screenillä viestin, jonka lähettäjä oli Uti. Siinä luki, että jos Juhalle kävisi, he voisivat ottaa eilisen joskus lähiaikoina uudestaan. Uti ilmoitti Juhalle myös, että hänellä alkaisi kohta uusi projekti, jossa oli tarkoitus ottaa selvää hänen aiemmin mainitseman Taivaansirpin väelle täysin tuntemattoman ihmislajin elämästä, joka asutti planeettaa, jonka kiertoradalla he nyt olivat. Hän kirjoitti, että laji oli niin primitiivinen, että se ei ollut vielä järjestäytynyt sivilisaatioiksi, vaan eli pienissä ryhmissä, veden lähettyvillä. Juha vastasi, että "mielenkiintoista" ja toivotti Utille hyvää projektia. Hän lisäsi, että olisi milloin vain tavattavissa, ja että Uti löytäisi hänet asunnostaan.

Juha oli vielä tarkkailussa ja hänen liikkumista aluksella oltiin rajoitettu. Hänet, kuten kaikki muutkin uudet asukkaat haluttiin opin kautta ohjata Taivaansirppiin sopiviksi yksilöiksi.

Aluksella puhuttiin sinne suunniteltua yleiskieltä, ihmistä, joka oli pelkistetty versio kaikista tunnetuista ihmiskielistä niiltä ajoilta, kun Taivaansirpin tehtävä oli alkanut. Se oli kehitetty jokaista ihmistä varten siten, että se olisi kaikkien mahdollisimman helppo oppia.

Tekoälyn tekemät opetusvideot, olivat hyvä tapa oppia perusasioita ja aluksen sääntöjä itsekseen, mutta kielioppinnot Juha kävi kahden muun uuden tulokkaan kanssa. Hänellä ei vielä ollut tietoa siitä, keitä nämä yksilöt olivat tai mistä he olivat kotoisin, mutta Juha odotti innolla heidän tapaamistaan.

Juhan rajoitettu liikkuminen kestäisi Maan ajassa vielä noin kolme viikkoa. Kolmen viikon kuluttua alkaisivat myös Juhan kieliopinnot. Uti oli ohimennen maininnut, että Juhalle saatettaisiin tehdä soveltuvuustesti, jossa selviäisi minkälaisiin tehtäviin hänet voitaisiin Taivaansirpillä laittaa. Juha oli filosofinen ja jokseenkin älykäs ihminen, mutta oli oppinut olemisen tavan, joka teki hänestä monen silmissä hieman tyhmän. Ja jos ei tyhmää niin ainakin nahjuksen oloisen.

Juhan elämässä alkoi taas uusi päivä, joka alkoi screenin tarjoaman opin tarkastamisella. Aiheena oli kulttuuri ihmisen ja yhteisön peilinä. Siinä asia esiteltiin seuraavalla tavalla: Uskomukset ohjaavat osittain sitä, mikä on meistä oikeaa ja väärää ja antaa merkityksen elämään. Samoin on myös arvojen kohdalla. Arvoilla tarkoitetaan kaikkea, mitä pidämme arvokkaana ja tärkeänä. Taide kuvasi usein ihmisten vahvuuksia ja heikkouksia, mikä saattoi antaa monelle käsityksen oikeasta ja väärästä sekä hyvästä ja pahasta.

Viimeisenä oli vuorossa esineet, joita ihmiset tekivät ja joiden avulla loivat sekä henkistä ja fyysistä kulttuuriaan. Tänään esiteltiin erityisesti fyysistä kulttuuria eli esineistöä. Aiheena oli Willendorfin Venus, jonka Juha muisti olevan jokin hedelmällisyyteen liittyvä kivinukke varhaisen ihmisen ajalta. Videossa esitettiin teoria, jonka mukaan kyseessä olisi ollut seksuaalisesti kiihottava aikuisten lelu. Juha nauroi asialle kovaan ääneen, jolloin ääni hänen päänsä sisällä sanoi, että se oli seksihullulle Homo Sapiensin edeltäjälle ihan sopiva selitys. Apinat kun olivat hyvin seksuaalisia olentoja. Juha rauhoittui ja sai moitteita käytöksestään. Hänen ei sopinut nauraa omalle tukahdutetulle seksuaalisuudelleen.

Juhan yllätykseksi tekoäly latasi hänen screenilleen vielä yhden Homo Sapiensin kulttuuriin liittyvän tiedoston. Siinä kerrottiin, että kulttuuri antaa ihmisyksilölle identiteetin, mikä on kokemus kuuluvuuden tunteesta. Kielen avulla ihminen taas kykenee kommunikoimaan muiden ihmisten ja miksei muiden olentojen kanssa. Aluksella puhuttiinkin juuri siksi sen omaa yleiskieltä, että kaikki varmasti ymmärtäisivät toisiaan.

Juha tunsi kuormittuvansa informaation määrän takia ja totesi itselleen, että vanha tuttu psykoosi teki tuloaan. Hän tunsi päässään samaa väsymystä ja paineen tunnetta, joka oli usein muuttunut hänen kokemuksessaan lopulta näköharhoiksi. Juha päätti kuitenkin, että hänen olisi katsottava ohjelma loppuun. Siinä esiteltiin vielä kulttuurirooleja sekä kulttuurin mahdollistamia toimintoja ihmisyhteisössä. Viimeksi mainittiin, että yhteistyön tekeminen ja ongelmanratkaisu sosiaalisena ilmiönä olivat jotain, mitkä johtivat ihmisen kohdalla muun muassa uusiin keksintöihin.

Juhaa alkoi väsyttämään. Hän kuuli päänsä sisällä äänen, joka sanoi että kaikki on hyvin ja että hänen pitäisi käydä maaten. Juhasta kerättäisiin dataa vielä monta vuotta ja hänen pitäisi hyväksyä se tosiasia, että hän oli tutkimuskohde. Liikaa kärsimyksen tuottamista Taivaansirpin tutkimuksesta vastaava henkilökunta Juhan kohdalla välttäisi, mutta joitakin surkeita tunnetiloja hän joutuisi vielä kestämään. Ääni jatkoi: Olemme kaikki, jos emme äärimmäisen sosiaalisia, niin kulttuurin toisiimme sitomia olentoja. Kulttuuri on se, mikä tekee meistä ihmisiä. Yhdessä tekeminen on tärkeä osa ihmisolentoa. Se on samalla taivas ja helvetti, mutta silti on parempi elää yhteisössä, kuin kärsiä yksinäisyyttä.

Juha joutui käymään makuulle. hän ymmärsi olevansa tutkimus. Harmin tunne piti Juha päässä kuuluvan äänen mukaan vain kestää. Juha ei täysin ymmärtänyt, miksi häntä tutkittiin, mutta hyväksyi sen, mitä hänelle sanottiin.

29.

Päivät kuluivat, ja Juhan olo koheni. Hän sai silloin tällöin oppia screenin kautta, mutta oli usein niin väsynyt, ettei kyennyt kunnolla muistamaan, mitä videoissa oltiin sanottu. Oli enää viikko Juhan rajoitetun liikkumisen loppumiseen.

Utikaan ei ollut unohtanut Juhaa. Hän oli käynyt tapaamassa Juhaa kaksi kertaa Juhan asunnolla. Juhasta oli tuntunut hyvältä nähdä Uti reippaana ja iloisena. Olihan hän päässyt tutkimaan hänelle uutta ihmislajia, jonka nimeä ei oltu Juhalle vielä kerrottu. Sitä ei jostain syystä tiennyt vielä kukaan.

Juha ja Uti olivat keskustelleet parisuhteensa tilasta. Uti toivoi, että Juha olisi hänen miehensä, mutta oli myös sanonut toivovansa Juhan myös antavan hänelle omaa tilaa, jota hän tarvitsi. Uti kun ei ollut tottunut olemaan kenenkään kanssa. Juha oli todennut itsekin tarvitsevansa välillä omaa aikaa.

Juhan ja Utin välillä oli ollut kaksi melko intiimiä tapahtumaa. Uti oli mieltynyt Juhan halaamiseen, josta myös Juha piti. Kyseessä ei ollut mikään äärihedonistinen seksuaalinen tapahtuma, kuten Sinin kanssa, mutta Juhasta tuntui silti hyvältä halata Utia. Utin lajille liika läheisyys oli vierasta, mutta hän oli kokenut Maa-planeettaa tutkiessaan, että haluaisi toimia kuten monilla Maan asukkailla oli tapana eli olla lähellä toista ihmistä.

Juhaan vahvasti vaikuttanut oppitunti oli käsitellyt päihteitä. Tekoäly tunsi Juhan ja oli keskittynyt alkoholiin, joka oli vienyt Juhaa liikaa. Juha huomasi onnekseen, että hänen ei tehnyt mieli alkoholia tai kannabista.

Tekoälyllä oli seuraavanlaista kerrottavaa veksetiinistä: Veksetiini oli laskettu ja luotu samalla periaatteella, kuin päihdykkeet muillekin Taivaansirpin asukkaille. Ihminen on vahvasti elämän tehtäväänsä eli työhönsä panostava laji, jota usein vaivasi stressi, ahdistus ja jännittäminen. Sosiaaliset pelot eivät screenin mukaan ollut mikään vitsi, niitä varten Luoja oli luonut ihmisille aineet, jotka rauhoittivat heitä. Moni aluksella oli tehnyt valinnan, että ei käyttäisi päihteitä ollenkaan. He olivat perustelleet valintansa siten, että päihteiden käyttö oli syntiä ja pahaa karmaa aikaansaava valinta. Jokaisella oli vapaus valita, ja aluksen rentouttavat juomat olivat tekoälyn mukaan sallittava tapa vaihtaa vapaalle, koska sen mielestä elämästä tuli myös voida nauttia, kunhan ei tuhonnut itseään tai muita.

Ovikello soi ja Juha huomasi ilokseen Utin. "Heippa, Uti, mitä kuuluu?" Juha sanoi innostuneena.
"Hyvää, kiitos. Minulla on meneillään taukoa jonkin aikaa ja ajattelin viedä sinut paikkaan, joka saattaisi kiinnostaa sinua."
"Tähän asti jokainen sun esittelemä paikka on ollut mielenkiintoinen, joten tottakai", Juha sanoi mielissään.
He lähtivät kävelemään pitkin käytävää.

"Minusta tuntuisi hyvältä kävellä käsi kädessä, jos sopii", Uti sanoi hieman ujolla äänensävyllä. Juhan mielestä se oli hyvä idea ja hän sanoi, että "mielellään".

Heidän kävellessään Juhalle tuntemattomaan paikkaan, Uti aloitti: "Olemme huomanneet, että olet, Juha, ihmistietoon vahvasti reagoiva sielu. Vien sinut antropologian osastolle, joka on yksi aluksemme tärkeimmistä, ellei tärkein yksikkö. Siellä tutkitaan sitä kaikkea, miksi aluksemme on olemassa eli ihmistä."

Juha ja Uti saapuivat suureen saliin, jossa fyysisiltä erityispiirteiltään hyvin vähän toisiaan muistuttavat ihmiset, istuivat screenien edessä ja näpyttelivät näppäimistöjään. Pret näki Juhan ja Utin ja viittoi kaksikon luokseen. Pret oli ihonväriltään täysin valkoinen ja kooltaan yksi suurimmista Juhan koskaan näkemistä ihmisistä. Pret aloitti puhumisen kääntämislaitteen avulla: "Olemme huomanneet sinun, Juha, reagoivan vahvasti sieluun ja ihmisyyteen liittyvään tietoon, mikä tarkoittaa sinun kohdallasi sitä, että kuulut töihin osastollemme. Sinun piti tehdä soveltuvuustesti, mutta sinua on tutkittu niin paljon, että tiedämme kyllä mikä olet miehiäsi." Pret katsoi Juhaa pitkään ja jatkoi kääntämislaitteeseen: "Olemme täällä sitten Utin läheisiä ystäviä, joten katsokin, että et auo hänelle päätäsi millään tavalla. Älä munaa teidän parisuhdetta, niin saat olla töissä meidän osastolla niin pitkään kuin huvittaa."

"Kiitos paljon", sanoi Juha.

Juha oli lopulta Utin saattaessa häntä asuntonsa ovelle päätynyt tekemään jotain rohkeaa, hän oli suudellut Utia suulle. Uti oli vastannut suudelmaan ja heidän välillään oli ollut hetken aikaa intiimi tapahtuma, jonka jälkeen Juha oli sanonut, että jos heidän ystävyytensä joskus loppuisi, se olisi Uti, joka sen lopettaisi. Uti oli ollut mielissään ja vastannut, että siinä tapauksessa olisivat ystäviä aina.

Juhasta vaikutti siltä, että Uti oli järjestänyt hänet parempiin hommiin, mikä ei harmittanut Juhaa lainkaan. Tutkimus oli sitä, miksi alus oli olemassa, ja Juha oli päässyt oppiin ja töihin tutkimukseen. Hänestä tuntui hyvältä olla etuoikeutettu.

30.

Juhan kieliopinnot alkoivat kahden muun entisen Maan asukkaan kanssa. Toinen oli nimeltään Ah Kum, joka oli kotoisin Kiinasta. Hän oli kaunis nuori nainen ja koulutukseltaan insinööritieteiden tohtori. Ah Kum vaikutti Juhan mielestä häntä kohtaan hieman ylimieliseltä, mutta he tulivat toimeen lopulta melko hyvin. Ah Kum oli äärimmäisen nopea oppija, hänen mielensä oli terävä kuin partaveitsi. Hänet oltiin sijoitettu teknologisiin tieteisiin.

Toinen uusi tulokas oli meksikolainen Raúl, jonka ammatti oli ollut Maa-planeetalla kristillisten dokumenttien tekeminen. Häntä oltiin luultavasti sijoittamassa kulttuurityöhön, mutta hänen pitäisi vielä tehdä soveltuvuustesti. Raúl oli kertonut esittelytilaisuudessa elävänsä kristillisen lähetyskäskyn mukaan ja oli sanonut rakastavansa Jumalaa ja kristinuskoa enemmän kuin mitään muuta koko maailmassa. Hän oli vitsaillut, että käännyttäisi koko aluksen Jeesuksen opetuslapsiksi. Raúl oli sanonut olevansa sitä mieltä, että alukselle voisi rakennuttaa vähintään kristillisen kappelin. Hän oli saanut kuulla kielten opettajalta, että kristinusko oli vain hänen tapansa kunnioittaa sitä, mitä piti pyhänä. Tämän jälkeen Raúl oli tokaissut, että saisi varmaan käännytettyä vain osan Taivaansirpin asukkaista.

Juha sai ilokseen huomata, että tekoäly oli luonut aluksen yleiskielen sellaiseksi, että ainakin hänen oli melko helppoa omaksua se. Myös oppi antropologian työkeskuksessa alkoi. Siellä oli Juhan lisäksi toinenkin uusi, joka oli entinen keittiön työntekijä, Armold. Armold muistutti ihonväriltään afrikkalaista ja oli Juhaa kohtaan erityisen mukava. hänellä oli kylläkin tapana hymyillä Juhalle viekkaasti, mikä toisinaan ärsytti Juhaa. Juha kuitenkin piti Armoldista, joka oli ystävällinen ja kohtelias ihminen. Hän oli kertonut olevansa mielissään Maan ruoka-aineista ja ihasteli kaikkea, mitä aluksella eläminen tarjosi. "Mitä saammekaan vielä kokea ja oppia", Armold oli sanonut Juhalle, kun he olivat erään kerran ruokatauolla keskustelleet kääntämislaitteen kautta.

Juha oli myös saanut Armoldilta ylimaallista tietoa. Armold oli kertonut, että Jumala on pyhä Isä ja Luoja pyhä Äiti. Ihmisen lähinnä kuului palvoa Jumalaa, mutta poikkeuksiakin oli. Hän oli kertonut Juhalle olevansa Luojan miehiä, mikä tarkoitti myös vahvempaa Karman kanssa toimimista. Karma oli Armoldin mukaan sielun tasolla rangaistus ja palkinta, mutta muuten kaikki kausaalinen, mitä vain oli olemassa. Juha oli ihmetellyt, mitä kausaalinen tarkoitti. Armold oli sanonut kääntäjään, että se oli lopullisessa muodossaan syyn ja seurauksen laki. Eli kun tekee jotain, niin saa aikaan jonkin tapahtuman eli seurauksen. "Syitä ja seurauksia, sitä on Karma", Armold oli sanonut.

Hiiret, heidän aluksensa johtajat olivat Karma-olentoja, joiden kanssa oli Armoldin mukaan oltava varovainen, varsinkin jos oli luonteeltaan pahaa haluava. Sitä Juha ei ollut, mutta hän päätti olla hiiriä kohtaan asiallinen, jos joskus heitä tapaisi. Juha päätti alkaa Armoldin innostamana keräämään hyvää Karmaa, olihan sitä tehnyt hänen arvossa pitämä Timokin.

Pret oli ottanut Juhan ja Armoldin koulutettavaksi ja kumpikin olivat asiasta ylpeitä ja innoissaan. He olivat nyt opissa olevia tutkijoita, joilla oli tutkimusapulaisen status. Juhan erityisalaksi oltiin ylimpien päätöksellä sovittu kulttuuri- ja sosiaalitieteellinen tutkimus. Juhan ensimmäinen projekti oli tehdä tutkimusraportti omasta lajistaan, Homo Sapiensista, jossa hän vertailisi omaa lajiaan johonkin toiseen lajiin siten, että tutkimuksen näkökulma olisi lajien erojen esitteleminen ja analyysi. Olihan vertaileva tutkimus yksi aluksen tärkeimpiä aloja, koska kaikki tutkimuskohteet olivat ihmisiä, jotka kuitenkin poikkesivat toisistaan melko paljon.

Pääpainona Juhan alalla oli se, kuinka sosiaalinen ulottuvuus vaikutti yksilöön. Pret oli myös maininnut, että kulttuuria ei olisi ilman yksilöä ja tämän biologista olemusta, joten kulttuurin saattoi nähdä pelkkänä genomin fyysisen olemuksen ilmentymänä, joka sitoi olentoja yhteen ja taiteen kautta aika-ajoin muistutti heitä vahvuuksistaan ja puutteistaan. Juha oppi, että yhteiskunnat olivat ryhmiä yhdessä asuvia yksilöitä ja näiden tapoja järjestää elämänsä siten, että tulisivat keskenään toimeen. Suurin merkitys oli sillä, että kaikkien elämä olisi mahdollisimman laadukasta. Kulttuurin tehtävä oli sitoa yksilöitä toisiinsa ja opettaa olennoille, keitä he olivat, eikä sen tärkeyttä voinut kieltää. Kaikki toiminta oli jossain määrin sosiaalista ja siten kulttuurista. Esimerkiksi ajattelukin oli osittain Juhan saaman opin mukaan sosiaalisten ja siten kulttuuristen tapahtumien aikaansaamaa toimintaa.

Kului kuukausi, ja Juhan opinnot olivat päätyneet siihen pisteeseen, että hänen oli aika kirjoittaa ensimmäinen akateeminen raporttinsa. Juha vertaili Homo Sapiensin ja Vekrendaattien seksuaalinormistoa. Juha oli raporttia kirjoittaessaan oppinut kuuluvansa yhteen seksuaalisimmista ihmislajeista, mikä sai hänet tuntemaan häpeää. Uti oli heidän asiasta keskusteltuaan sanonut, että sitä ei kannattanut hävetä. Nolompiakin asioita oli.

Juhaa ja muuta tutkimusryhmää alettiin ohjeistamaan tulevaa Juhan ensimmäistä tehtävää varten. Juha tulisi toimimaan tutkimusapulaisena ryhmässä, joka keräsi dataa vieläkin nimettömänä pysyvän planeetan ihmisten tavasta kommunikoida keskenään. Hän oli nähnyt tutkimusdroonilla kerätyn kuvamateriaalin kautta jo kuolettavan nuijan iskun, sekä aseiden valmistamista. Planeetan ihmiset hioivat puukeppejä kiviä vasten, tehden niistä teräväkärkisiä keihäitä, joilla surmasivat toisiaan silloin kun eivät tappaneet olentoja, joita käyttivät ravinnokseen. Uti oli vakuuttanut, että Luojalle oli harvinaista luoda kyseisen kaltaisia lajeja, mutta petoja oli monessa paikassa. Heitä oli kuitenkin hänen mukaansa yllättävän vähän. "Tehtävämme painottuvat sellaisiin paikkoihin, joissa on jotain vialla tai jotka ovat hyviä tutkimuskohteita. Ja peto on kaikkeudessa harvinainen juttu", Uti oli sanonut.

31.

Juha ja Raúl olivat sopineet, että lähtisivät illalla katsomaan musiikkiesitystä, joka oli uusi sovitus luomuksesta nimeltä Kaikkeuden kauneimmat sävelet, jonka sovituksen nimi oli Suuren taudin kuolema. Screenille ilmestyneen mainoksen mukaan esityksen oltiin luvattu olevan hieno ja mieltä ylentävä kokemus. Kyseessä oli aluksen taideosaston luomus, jossa käsiteltiin musiikin melodioiden kautta kaikkeuden olentojen *väkivaltaisten taipumusten pyhää sammumista.* Mainoksessa luvattiin, että kaikilla osallistujilla tulisi olemaan hauskaa ja mikä parasta, katsojia varten olisi juomatarjoilu.

Moni Taivaansirpin asukas ei halunnut osallistua kulttuuritapahtumiin, mutta aluksen ylimmät olivat sitä mieltä, että kaikille tekisi hyvää saada vapaa-aikaa ja tehdä muutakin kuin töitä, joten kaikille annettiin mahdollisuus rentoutumiseen taiteen ja rentouttavien juomien parissa.

Juha saapui Raúlin asunnon ovelle ja soitti ovikelloa. Raúl tuli ovelle ja ilmoitti, että illasta tulisi mahtava. Hän odotti saavansa veksetiiniä, josta oli tähän asti kieltäytynyt. Hän oli nimittäin saanut Jumalalta unessa viestin, että veksetiini korvaisi nyt viinin hänen elämässään. Juha kysyi Raúlilta, että hakisivatko mukaansa Armoldin, joka oli vihjaissut Juhalle, että saattaisi mielellään lähteä entisten Maan asukkaiden kanssa istumaan iltaa.

"Tottakai, minkälainen tyyppi tämä Armold on?" kysyi Raúl.
"Loistotyyppi, Armold menee sellaisilla taajuuksilla, että voisit pitää hänestä", vastasi Juha.
"Kyllä se sopii, mutta ei kai se ole niitä jotka ovat Tiedäthän..." Raúl lopetti puhumisen, kun heitä vastaan käveli kaksi juhlapukuihin pukeutunutta naista. Juhan vierellä kävelevä Raúl sanoi Juhalle vakava ilme kasvoillaan: "Tämä voi olla hieman paranoidista, mutta tiedätkö, että olemme kaikki vankeja? Aluksen säännöt, niissä on jotain mätää."
Juha oli hämillään. Hän ei ollut edes tullut ajatelleeksi, että he olisivat vankeja. "Mille perustat tämän väitteesi? Säännöt ovat sitä varten, että me kaikki voimme erilaisuudestamme huolimatta tulla toimeen keskenämme."
Raúl oli arvannut, että pohjoisen poika oli niitä, jotka hänen mielestään uskoisi kaiken "ylimpien mädätyksen" sinisilmäisesti.

He jatkoivat matkaa, Juha oli kummastunut Raúlin puheista. Kaksikko saapui Armoldin asunnon ovelle ja hän olikin heti valmiina illan esitystä varten. Armold tervehti Raúlia tarttuen hänen käteensä ja Raúl sanoi aluksen yleiskielellä "Hei olen Raúl".
Armold oli ottanut kääntölaitteen mukaan ja sanoi siihen jotain, minkä laite käänsi englanniksi, jota Juha ja Raúl yhdessä puhuivat. "Mukava tutustua, toivon että illasta tulee hauska."
"Varmasti tulee, hauska tavata" sanoi Raúl.

Kolmikko saapui baariin, suureen saliin, jossa illan show oli juuri alkamassa. Juha ja Raúl suuntasivat heti ensimmäiseksi juomatiskin puolelle. Baarin työntekijä ojensi miehille veksetiinillä terästetyt juomat, jotka he olivat tilanneet yleiskielellä. Armold oli sillä aikaa käynyt istumaan nojatuolille pöytäryhmään tiskin lähettyville. Juha istui Armoldin viereen ja pian Raúlkin asettui tuoliinsa.

Esitys alkoi. Se oli mahtipontinen ja kauniita melodioita sisältävä tutkielma ihmisyydestä, sekä ihmisen tunne-elämästä. Paristakymmenestä ihmisestä koottu orkesteri soitti lavalla baarin etuosassa. Heidän yläpuolelleen heijastettiin tekstiä, jossa luki aluksen yleiskielellä teksti, jossa luki "harmonia sielussa, harmonia yhteisössä". Kyseessä oli Juhan mielestä Taivaansirpin ylimpien tapa kertoa, kuinka tärkeää oli, että kaikki toimi aluksella hyvin. Juhan saaman opin mukaan oli tärkeää, että olento ei sortunut väkivaltaisiin tekoihin ja vältti vihan tunnetta. Juuri vihattomuuden ideaali ja rakkaus pitivät yhteisöjä koossa, silloinkin kun kaikkialla oli vihaa.

Kun Juha katsoi baarissa ympärilleen, hän viimein ymmärsi, että Taivaansirppi oli hänen kotinsa ja että hän pystyi luottamaan kaikkiin näihin kummallisiin ihmisiin, joiden kanssa hän nyt elämänsä jakoi. Juha katseli koko esityksen ajan ympärilleen, jos onnistuisi näkemään Utin, mutta häntä ei näkynyt. Juha päätti, että tulisi katsomaan esityksen vielä uudelleen, mielellään Utin kanssa. Veksetiinin vaikutus oli huipussaan, Juha tunsi hyvän olon virtaavan kehossaan. Raúl ja Armoldkin nauttivat olostaan.

Armold oltiin tuotu alukseen aivan sen alkuaikoina maailmasta, joka sijaitsi kaukana galaksista, jossa Maa-planeetta sijaitsee. Hän oli asunut aluksella koko sen ajan, kun se oli ollut toiminnassa. Hän oli ylpeä Taivaansirppiläinen, joka uskoi ihmiseen sekä aluksen agendaan, joka oli tutkia ja auttaa kaikkia ihmisiä, sekä nauttia elämästä. Hänelle jokainen ihminen oli veli ja sisko, eikä hän hyväksynyt minkäänlaista eripuraa ihmisten välillä. Hän, kuten kaikki muutkin aluksella elivät veganismin ja rauhan aatteen periaatteiden mukaan. Armoldista tuntui hyvältä nähdä ihmisiä kokoontuneena yhteen ja kokemaan jotain yhtä upeaa, kuin illan show.

Veksetiinistä hieman kajahtanut Raúl nautti illan showsta ja unohti hetkeksi paranoiansa ja koki aikaisemmat puheensa Juhalle tyhjänpäiväiseksi pölinäksi. Hän pahoitteli Juhalle puheitaan. "Sorry, Juha, se mitä mä sulle aiemmin sanoin. Mä vaan välillä sekoan täällä."

Juha totesi sairastaneensa psykoosin, joten hänelle Raúlin puheet olivat kevyttä tavaraa. "Jos sinulla on jokin oikea ongelma, olisi hyvä käydä keskustelemassa lääkintäyksikön tyypeille."

"Ei hätää, kaikki hyvin", Raúl totesi.

Esitys loppui, ja muusikot saivat yleisöltä raikuvat aplodit. Osat orkesterista jäi vielä soittamaan, olihan baari täynnä ihmisiä, jotka halusivat nauttia illasta ja toistensa seurasta. Armold totesi, että hänen oli tullut aika lähteä nukkumaan, mutta Juha ja Raúl halusivat jatkaa illanviettoa. Juha ja Raúl toivottivat Armoldille hyvää illanjatkoa, minkä jälkeen hän poistui omille teilleen.

Raúl, joka jakoi Juhan kanssa saman veksetiinin todellisuutta lievästi vääristävän tajunnan tilan, totesi vieläkin olevansa hämillään kaikesta. Juha totesi, että hänkin joskus ajatteli, miten helppoa oli ollut elää Maa-planeetalla omiensa joukossa. Juha kuitenkin lisäsi, että heidän kuuluisi olla iloisia, että olivat nyt Taivaansirppiläisiä.

Ei mennyt kauaakaan, kun Uti ystävineen saapui Juhan ja Raúlin luokse. Uti laittoi takaapäin kätensä Juhan silmille ja kysyi häneltä suomeksi "arvaa kuka".
Juha tunnisti hänen äänensä ja sanoi, että "Uti". "Mä yritin vilkuilla, että missä olet, mutta en nähnyt sua."
"No tässä mä nyt sitten olen, Juha-pallukka. Me tilataan ruokaa, tulkaa meidän pöytään", Uti sanoi.
Juha esitteli Raúlin Utille. Raúl oli hämmästynyt kauniin ja punaihoisen Utin ilmestymisen johdosta, että ei meinannut saada sanotuksi mitään. Lopulta hän tervehti Utia englanniksi. "Hei, olen Raúl."
"Tiedän", sanoi Uti. "Mitä pidit esityksestä?"
"Se oli mahtava, kuinka puhut Maan kieliä?"
"Tutkimme teitä noin kymmenen vuoden ajan, mutta nyt ollaan vapaalla, eikä jaksa puhua työjuttuja. Hei, tilataan ruokaa, oletteko mukana?" Uti kysyi.

Juha ja Raúl katsoivat toisiaan ja nyökkäsivät. "Kyllä vaan", Juha totesi.

Uti, Refeu ja Oldatin olivat kaikki laittautuneet kauniiksi ja olivat juhlatuulella. He tilasivat ruokaa. Refeu ja Oldatin esittelivät itsensä Juhalle ja Raúlille. He työskentelivät kumpikin luonnon auttajien osastolla, jossa pidettiin huolta kasviluonnosta, tehtiin kasvillisuuteen liittyvää tutkimusta ja kasvatettiin kaikki ruoka alukselle. Heidän osastonsa kattoi neljä kerrosta jättimäisen aluksen alasta ja oli koko Taivaansirpin sydän. Heillä oli myös pienempi osasto, jossa pidettiin huolta muutamasta kymmenestä eläimestä eli ei-ihmisistä, kuten Oldatin sanoi. He olivat tuomassa rakkautta ja harmoniaa alukselle. Refeu sanoi Raúlille, että heidän pitäisi joskus Juhan kanssa tulla katsomaan luonnon auttajien osastoa ja tapaamaan heidän ystäviään lintuja.

Raúl oli kutsusta mielissään ja sanoi, että "tottakai".

Juhastakin ajatus kuulosti mukavalta. "Mielellään", hän sanoi.

Refeuta kiinnosti, mitä miehet pitivät esityksestä.

"Ei sitä voi tarpeeksi kehua", sanoi Juha.

"Todella upea, en ole eläessäni kuullut mitään yhtä upeaa", totesi Raúl.

Baariin saapui yllättäen useamman ihmisen ryhmä, joka etsi Utia. Hän nousi seisomaan ja viittoi ryhmän luokseen ja kysyi: "mikä hätänä?"

"Nyt on tosiaan jokin hätänä", sanoi Pret.

158

Uti nousi pöydästä saman tien mitään sanomatta ja lähti kävelemään Pret vierellään hänen kanssaan kiivaasti jollain tuntemattomalla kielellä keskustellen.

Raúl sanoi Juhalle, että hänen ja Utin välillä taisi olla jotain. Juha vastasi, että "kyllä". Juha ei mielellään puhunut parisuhteistaan, vaikka olikin mielissään siitä, että sai olla Utin ystävä. Refeu ja Oldatin saivat eteensä ruoka-annoksensa, eikä mennyt aikaakaan kun Juhalle ja Raúlille tarjoiltiin myös annokset. Ihmisiä alkoi jonkin ajan kuluttua poistumaan salista. "Mistäköhän on kyse?" kysyi Oldatin Refeulta. Lopulta nelikolle tultiin sanomaan, että he olisivat juuri siirtymässä tekoälyn luomaan madonreikään. Tämänhetkinen projekti oli ohi. Mitään vaaraa ei ollut, mutta heidän tutkimuksensa, nimetön planeetta, oli juuri kadonnut, ja aluksen johto halusi varmistaa, että kaikki olivat turvassa.

"Olisi hyvä, jos siirtyisimme kaikki asuntoihimme", sanoi Oldatin Juhalle ja Raulille kääntäjän kautta. Hän lisäsi: "Luomisen lisäksi maailmankaikkeudessa vaikuttaa ilmiö nimeltä Tuho, joka joutuu jatkuvasti korjaamaan luomisessa tapahtuvia virheitä. Meidän on parasta olla kunnollisia olentoja, tai aluksemme tuhotaan."

Juha pääsi huoneeseensa ja huomasi screenillä viestin, jossa ilmoitettiin, että planeetta "Nimetön" oli kadonnut. Tutkimuksen väki oli siis aikaistamassa seuraavan projektinsa alkamista usealla vuodella. Taivaansirppi oli tietoiskun mukaan madonreiässä matkalla kohti uutta maailmaa.

Juha kävi suihkussa ja avasi vielä ennen nukkumaan menoa screeniltä keskustelupalstan, jossa spekuloitiin planeetan katoamisen syytä. Joku oli sitä mieltä, että se oli itse Jumala, joka oli planeetan tuhonnut, koska sitä asuttava väki koostui umpimielisistä ja murhanhimoisista hulluista. Moni tiesi, mitä planeetalla tapahtui. Tutkimuksista puhuttiin jonkin verran, ja screeniltä sai lukea pieniä raportteja niiden etenemisestä. Se oli ylimpien mielestä ainoastaan reilua. Olihan projekti, johon Taivaansirppi kuului, olemassa pääasiallisesti juuri tutkimusta varten.

Toinen mielipide keskustelupalstalla oli, että planeetan oli tuhonnut Taivaansirpin tekoäly, joka oli kirjoittajan mielestä pelkkä mekaanisesti ajatteleva kone, joka oli tunteettomasti poistanut mielestään väärin toimivan olentolajin. Kaikki tiesivät, että planeetalla oli elänyt väkivaltaisia petoja, joita yritettiin sivistää ja ohjata kohti asiallisempaa tapaa elää. Keskustelupalstalla alkoi lopulta keskustelu siitä, mikä tekoäly oikeasti oli. Jonkun mielestä kyseessä oli tietokone, johon oli suljettu sieluja. Tämä perustui väitteelle, että kaikki ajatteleva olemassaolo on sieluperäistä.

32.

Ylimpen tehtävä ei ollut helppo. Heidän täytyi huolehtia aluksen aluksen väestä koko ajan. Jonkun heistä oli koko ajan oltava toimessa eli Maan kielellä töissä. He rakastivat toisiaan, ihmisiä sekä projektejaan niin paljon, että he olivat keskenään töissä lähes koko ajan. Heitä usein harmitti ihmisten uskon puute ja mahdoton vapauden kaipuu. Taivaansirpin toiminta perustui vahvasti sille, että tekoäly ohjasi ihmisten toimintaa ja manipuloi heitä koko ajan. Vapauden puute olikin yksi syy, miksi aluksen väelle pyrittiin antamaan mahdollisimman paljon huvituksia, muun muassa kulttuurin muodossa. Aluksen tutkimusmissio oli ylimmille tärkein, eivätkä he halunneet vaarantaa sitä millään tavalla.

Uti ja Pret olivat tapaamassa ylimpiä, jotka olivat huolissaan planeetan katoamisesta. Heitä pelotti, että jossain olisi voima, joka saattaisi tuhota myös heidät. Hiiret käyskentelivät ilmaa haistellen pöydällä, jonka ympärille tutkimuksen ylimmät olivat kerääntyneet. He puhuivat tekoälyn kautta ilmaisten huolensa myös siitä, että moni Taivaansirpillä tunsi tyytymättömyyttä työtehtäviään kohtaan. Pret oli pragmaatikkona sitä mieltä, että tekoälyn ohjausta voitaisiin vahvistaa. Se tarkoitti vahvempaa mielten manipulointia tekoälyn taholta. Siten alus pidettäisiin hänen mielestään toimintakykyisempänä. Pret oli henkilökohtaisesti valmis vaikka menettämään osan itsenäisyydestään ennemmin, kuin näkevänsä koko projektin kuivuvan kasaan.

Hiiret olivat sitä mieltä, että pahojen taipumusten vaimentamista voitaisiin välillä vahvistaa tekoälyn toimesta, mutta paras lääke olentojen tyytymättömyyteen olisi antaa kaikille samaa oppia ja tietoa, mitä ylimmilläkin oli. Siten kateutta eri työtehtäviään kohtaan ja hierarkiassa alempien katkeruutta saataisiin kuriin. Aluksen kaikkien noin seitsemäntoistatuhannen ihmisen kuului hiirten mielestä saada samaa oppia tieteistä ja muustakin ylemmästä tiedosta.

"Kaikilla ei ole tiedeaivoja, joten joudumme tarjoamaan myös dokumenttielokuvia screenien kautta. Niissä voitaisiin esitellä helposti ymmärrettävällä kielellä asioita, joita olemme tutkineet", Uti sanoi.

Hiiret pyysivät hetken hiljaisuutta. hetken kuluttua he totesivat, että tekoäly loisi mielellään jonkinlaisen pohjan, jota kulttuuriosaston väki voisi käyttää sapluunana tiedon jakamiseen tarkoitetuille videoille, sekä kirjallisuudelle. Siinä olisi monelle tekemistä.

Hiiret ilmoittivat, että työtehtäviensä statuksen puutteesta katkeroitunut joukko oli lopulta sen verran pieni, että kenenkään ei tarvinnut olla huolissaan. Mutta heidän mielestään yhdenkin tyytymättömyys oli jokaisen tappio. Hiiristä vanhin alkoi puhumaan: "Teillä nähdään olennon arvo liikaa hierarkioiden kautta. Voisitte kaikki sisäistää sen, että olette jokainen osa samaa

162

kokonaisuutta, jossa kaikkia tarvitaan. Me ymmärrämme, että te ihmiset lajeina eroatte meistä paljon. Yritämme jatkuvasti ymmärtää teitä ja antaa teille kaikille jotain hyvää niin paljon kuin pystymme, vaikka se onkin välillä hankalaa, koska osa haluaa mielestämme vääriä asioita. Kuten pelkkää statusta. Ette mielestäni saa sortua liikaan ylimielisyyteen. Kokous on nyt ohi, kiitos ajastanne."

33.

Juha makasi sängyllä ja mietti, mihin kaikkeen turhuuteen olikaan elämänsä varrella aikaansa tuhlannut. Varsinkin alkoholi oli ollut yksi suuri ja turha taakka, joka oli jo nuoresta asti tappanut hänen kallisarvoista aikaansa sekä hänen sisäelimiään. Hän kykeni nyt myöntämään, että hänen ongelmansa oli herkkyys. Hän oli ollut ujo ja arka ihminen. Nykyään hän ajatteli siten, että oli paras tehdä asiat omana itsenään, ilman valheellista roolia tai päihteen tuomaa itsevarmuutta. Kun hän oli oma itsensä, toteutti aidosti sitä tehtävää, jota varten hänet oltiin luotu. Niin helppoa se oli, vaikka lopulta monelle niin vaikeaa. Juha silti käytti silloin tällöin lievää euforiaa aikaansaavaa ja estoja laskevaa veksetiiniä, jota ilman hän myös pystyi olemaan. Hän ei tarvinnut veksetiiniä muuhun kuin satunnaiseen rentoutumiseen.

Juha ei olisi vaihtanut elämäänsä Taivaansirpillä mihinkään, mutta kaipasi entistä kotiplaneettaansa, vaikka siellä eläminen oli ollut hänelle toisinaan melkoista kärsimystä. Hän näki asian niin, että Maa olisi loistava paikka, jos ihmiset päästäisivät irti turhista ennakkoluuloistaan ja alkaisivat aidosti rakastamaan toisiaan. Homo Sapiens oli, mitä hän oli ja mihin hän uskoi. Juha oli sitä mieltä, että hänen edustamansa ihmislajin olevainen joko vihasi tai rakasti. Rakkaudella ei Taivaansirpin kulttuurissa tarkoitettu romanttista rakkautta tai minkään sortin hempeilyä, jotka olivat nekin kauniita asioita. Sillä tarkoitettiin aitoa välittämistä ja huolenpitoa. Aluksen väki tosiaan välitti toisistaan. Heidän työnäänhän oli maailmankaikkeuden tutkiminen sekä kaikkeuden olentojen auttaminen. Välittäminen näkyi kuitenkin eniten siinä, kuinka asiat oltiin järjestetty. Jokaiselle oli tarjolla oppia screenien välityksellä ja olihan aluksen kirjastossa lainattavissa myös lukulaitteet, joihin pystyi lataamaan kirjallisuutta, vaikka mistä aiheesta. Moni opiskelikin kieliä ja omaa ihmisidentiteettiään vahvistavaa ihmisoppia.

Taivaansirpissä elettiin lähes täydellisessä harmoniassa, mutta työtehtävien jakaminen harmitti monia. Juha oli uusi aluksella, ja moni tiesi hänet. Hän oli päässyt suoraan oppiin tutkimukseen, mikä ärsytti monia, koska tutkijan status oli haluttu asia. Moni oli Juhan takia katkera, oltiinhan hänet nähty useaan otteeseen viettämässä aikaa Utin kanssa. Tekoäly oli lisännyt monen kohdalla "ohjausta", jolla tarkoitettiin heidän vihamielisten luonteidensa vaimentamista. Loppujen lopuksi keneltäkään ei aluksella puuttunut mitään, vaikka kaikki eivät olleet saaneet, mitä olivat halunneet. Se oli myös Jumalan tapa opettaa olennoille viisautta ja nöyryyttä.

34.

Juha olisi opissa vielä pitkään. Hän oli pääsemässä tutkimusaluksen mukana planeetalle nimeltä Zor, joka oli heidän uusi tutkimuskohteensa. Sen ihmispopulaatiot koostuivat luonnon kanssa sopusoinnussa elävistä ja teknologisesti melko kehittyneistä, rauhaa ja harmoniaa rakastavista olennoista. Siltä ainakin päällepäin näytti. Totuus oli kuitenkin jotain aivan muuta, eikä planeetalle jalkautuminen tullut kuuloonkaan. Zorin asukkaan olivat kannibaaleja ja heidän sivilisaationsa pelkkää kulissia, jolla he pyrkivät hämäämään Jumalaa, sekä muita Suuria, sekä ruoaksi kutsumaansa yhteiskuntaluokkaa, joka teki planeetalla kaiken raskaan työn. Kaikki kannibalistinen toiminta tapahtui maanalaisissa luolissa, joissa osa hallitsevasta populaatiosta asui.

Utia harmitti taas kerran ihmisten puolesta, mutta muistutti itseään siitä tosiasiasta, että suurin osa kaikkeuden elämänmuodoista olivat rauhaa rakastavia olentoja, jotka kavahtivat väkivaltaisia tekoja. Uti tarkisti, että kaikki olisi valmista tutkimuslentoa varten. Hän kutsui miehistön hangaariin, lähtö olisi noin puolen tunnin kuluttua.

Uti ja Juha istuivat vierekkäin. Alus saapui planeetan kaasukehään, jonka kitka tärisytti konetta. Kyseessä oli niin sanottu lentävä lautanen, joka sopi malliltaan parhaiten siinä käytettävän Porynon-partikkelimoottorin runkomalliksi. Juha ihmetteli kaunista planeettaa, joka kätki sisäänsä kamalan salaisuuden. Kaikki koneen matkustajat siirtyivät tutkimushuoneeseen ja alkoivat seuraamaan, kun heidän laitteistonsa laski planeetan pinnanmuodostumia, sekä tutki Zorin luolaverkostoja theta-sätein. Uti sanoi Juhalle, että tässä olisi taas jollekin planeetta tuhottavaksi. Niin katalaa väkeä hänen mielestään sitä asutti. Zor oli luonnoltaan vehreä ja kaunis näky, minkä takia Juhaa hämmensi ajatus kannibaali-ihmisistä. Heidän leijaillessaan Zorin suurimman kaupungin yläpuolella, Juha näki puiden yli nousevia teräviä talojen kattoja, jotka muistuttivat kirkontorneja.

Yhtäkkiä alus alkoi täristä ja kapteeni sanoi kaikille keskusradion kautta, että heitä ammuttiin ja heidän tulisi vaihtaa paikkaa sivummalle, jotta saisivat kerättyä tarvitsemansa määrän dataa. Aluksen väki huomasi yllätyksekseen, että Zorilaisilla oli käytössään energia-aseita, joita Taivaansirpin teknologia ei ollut tunnistanut. Kaikkien onneksi alus oli rakennettu kestämään kaikenlaisia hyökkäyksiä, eivät he olleet pahassa pinteessä. Tärinä lakkasi, kun he siirtyivät nopeasti hieman syrjempään.
"Ovatko kaikki kunnossa?" Uti kysyi.
Kaikki, paitsi lattialla makaava Juha, vastasivat myöntävästi. Juha oli lyönyt päänsä, jota ympäröi tasaisesti laajeneva verilammikko. Meni hetki ja Juha avasi silmänsä, hänen selkänsä taipuessa kaarelle. Hän alkoi puhumaan. "Olemme Zor, eikä luonnoton tieteenne ole meidän teknologiaamme verrattuna yhtään mitään. Olemme kuulleet lajeista, jotka luovat elottomia teknologioita ja voimme vakuuttaa, että olette sairaita ja

167

väärässä, Jumalattomat hullut. Tämä hahmo on kuollut mies."
"Luonto ja luonnollisuus ei tarkoita sitä, että viattomia olentoja tapetaan!" Uti huusi, Juhaa katsoen. "Keitä te olette?" hän kysyi huutaen. Juhan keho rentoutui ja hänen punaiset, turvonneet silmänsä jäivät tuijottamaan kohti aluksen kattoa.

Kaikki seisoivat hetken hämmentyneinä Juhan ympärillä. Meni hetki, kun hän alkoi taas puhumaan: "Jos selviätte meistä, selviätte mistä tahansa." Uti nyökkäsi Pretin suuntaan. Pret antoi yhdelle aluksen turvallisuudesta vastaavista miehistä merkin. Hän ampui aseellaan Juhaa päähän.

He lensivät pois planeetalta mahdollisimman nopeasti, täydessä hiljaisuudessa. Uti istui tuolilla katsoen Juhan ruumista. Pret istui Utin viereen ja sanoi, että olisi järkevää, jos Uti siirtyisi pois Juhan lähettyviltä. "Ei tee sielulle hyvää tuollainen ruumiin tuijottaminen", hän totesi.

35.

Juha heräsi, jolloin hänen viereiselle yöpöydälle sijoitettu kone alkoi soimaan korkealla äänellä. Kirkas valo sattui Juhan silmiin. Meni hetki, kun joku saapui huoneeseen. Hän oli aluksen terveyspuolen henkilökuntaan kuuluva nainen. "Tervetuloa, olet taas Taivaansirpillä, Juha. vuosi on sinun alkuperäisen kotiplaneettasi, Maan, ajanlaskun mukaan mukaan noin 2500 vuotta jälkeen Kristuksen, kuten teillä on tapana sanoa. Taivaansirpin tehtävä jatkuu edelleen. Olemme sinulle sen velkaa, että saat täällä vielä uuden elämän ja korvauksen siitä, että menetit henkesi ollessasi mukana tärkeässä ja vaarallisessa tehtävässä."

"Miten... Kuinka... Minä kuolin vai kuolinko?" sai hämmentynyt Juha kysyttyä.

Nainen katsoi Juhaa säälivä ilme kasvoillaan ja sanoi: "Niin, tekoäly kerää jatkuvasti meistä kaikista dataa ja korjailee meitä koko ajan. Kuolema Taivaansirpillä ei ole lopullinen kuolema", sanoi nainen valistavaan tyyliin. Hän jatkoi: "Olemme tutkineet dataasi ja puhun nyt kaikkien puolesta kun sanon, että sinun tosiaan kuuluu saada tämä mahdollisuus. Mahdollisuus hyvään elämään. Olemme iättäneet kehosi noin kolmekymmentä vuotiaaksi. Olit pitkään tutkimus jonka dataa olemme tutkineet täällä vuosia. olet ollut eräänlainen koulutustutkimus opissa oleville. Sinulle kuuluu myös kiitos siitä, että olemme saaneet korkealaatuista oppia ihmisestä ja lajistasi, Homo Sapiensista. Datasi oli sotkettu Zor-nimisen planeetan olentojen energiakoodilla, jonka avaamiseen meni

169

meiltä vuosia. Pelkäämme vieläkin, että jostain ilmestyy yhtä älykäs ja vihamielinen laji autettavaksi. Meillä muuten on täällä Taivaansirpillä sellainen uskomus, että täällä asuu pahoja henkiä"

"Mitä nyt? Minä hädin tuskin muistan, kuka olen. Mitä minä teen täällä?" Juha sai kysytyksi.

"Sinulla tosiaan on paljon opittavaa, muistisi palailee hiljalleen, Meillä on vielä työt kesken. Muistatko millaisessa tehtävässä olit? Mitä teit työksesi?" nainen kysyi.

Juha mietti hetken ja sanoi: "Tein kai jotain kulttuuriin ja ihmispopulaatioiden tutkimukseen liittyvää. Minulla oli opinnot kesken kun kuolin ja..." Juha hiljeni hetkeksi ja sulki silmänsä. "En muista enempää. Uti oli jonkinlainen ystävä minulle. Sattuu muuten silmiin aivan helvetin paljon."

"Harmi, Juha, koeta kestää. Ja anteeksi vaan, mutta kiroileminen on monen mielestä todella inhottavaa. Lopeta sellainen. Muistat kyllä tilanteeseesi nähden melko hyvin. Meillä on tuolla sinun lempiruokaasi pitsaa juuri tätä hetkeä varten pakastettuna. Maistuuko sen päällä paprika ja oliivi?"

"Anteeksi ja kiitos, pitsa kuulostaa hyvältä", Juha sanoi.

"Hieno juttu, pieni hetki."

Juha nukahti hetkeksi ja havahtui, kun sängyn päätyosa alkoi nousta.

"Tässä sinulle pikku kiroilijalle hieman ruokaa", sanoi Juhan kanssa juuri äsken keskustellut nainen, joka esitteli itsensä Likuademiksi.

"Kiitos, Likuadem, kiitos paljon. Anteeksi, että kiroilin", Juha sanoi.

"Ei se mitään. Tuon sinulle vaatteita, voit heti syötyäsi käydä myös pesulla."

"Kiitos", sanoi pitsaa varovasti maistava Juha ja avasi eteensä sijoitetun screenin, joka skannasi hänen silmänsä.

Screeni alkoi toistaa Juhalle videota, jossa kerrottiin, mitä hänelle oli tapahtunut. Hän sai tietää, että Zor-nimisellä planeetalla oli alueen ihmisiä hallinnut olentolaji, jonka fyysinen olemus ei perustunut aineelle, vaan energialle. He kykenivät ottamaan valtaansa kuolleiden ruumiit ja heillä oli alituinen tarve syödä sen lajin lihaa, joiden kehot he olivat ottaneet valtaansa. Laji oli tuhottu ja alueen ihmiset olivat saaneet elämänsä takaisin. Juhaa oltiin juhlittu komein menoin ja häntä muistettiin vieläkin yhtenä aluksen harvoista marttyyreistä.

Screenin ohjelmisto kysyi, haluaisiko Juha nähdä videon omista hautajaisistaan. Juha vastasi "en". Häntä alkoi kuitenkin hetken kuluttua kiinnostamaan minkälaiset menot hänelle oltiin järjestetty, joten hän sanoi "näytä hautajaiset".

Surujuhla oli ollut kaunis muistutus siitä, että aluksella välitettiin ihmisistä. Siellä olivat puhuneet Pret, Uti ja Armold. Pret oli sanonut olevansa elämäniloinen ihminen, mutta Juhalle hieman kateellinen siitä, että Juha oli nyt Jumalan luona ja totesi, että he olivat menettäneet kauniin sielun. Juhan ei tehnyt mieli katsoa enempää, vaan sanoi Screenille kyyneleet silmistään valuen, että "nyt riittää".

Juha katsoi oikealle ja näki punaisen naisen seisovan vieressään.
"Hei, Juha. Hienoa nähdä sinut siinä. Viimeksi kun näin sinut, olit kuollut. Olin pitkään surullinen, mutta pääsin elämässäni eteenpäin. Mitä sinulle kuuluu?"
"Ihan hyvää, kai. Kaikki on hieman outoa. Kun kuulee kuolleensa ja on taas täällä. Se on melkoinen uutinen", Juha sanoi väsyneellä äänellä.
"Kyllä se on ollut monelle juuri sitä samaa", Uti sanoi ja oli hetken hiljaa. "Emme tuolla antropologian osastolla silloin joskus tienneet tällaisesta. Jos olemme jotain oppineet, niin sen, että me ihmiset olemme se yksi suuri tutkimus. Olemme tutkimuskohteita. Se, mitä meiltä vaaditaan on se, että olemme kunnollisia olentoja ja suoritamme meille annettuja tehtäviä, kuin kiltit olennot ikään. Olemme moniongelmaisia Luojan luomuksia ja olemme näissä hahmoissa sitä varten, että opimme elämään kunnon elämää sekä välittämään toisistamme ja itsestämme. Meiltä saattaa joskus puuttua omatuntoa, mutta kun olemme kunnollisia, keräämme hyvää Karmaa ja saamme siten edellisten elämien pahoja tekoja anteeksi."
"Oletko sinä tehnyt jotain pahaa?" Juha kysyi.
"Kyllä, Juha, kyllä. Olen tehnyt jotain pahaa. Annoin sinun luulla, että rakastin sinua. Olit tutkimuksemme, jonka esittelimme jokaiselle Taivaansirpillä. Teimme

sinusta pellen, joka ei tajunnut olevansa pelle. Olen, Juha, pahoillani."

"Onko näin? Mitä helvettiä? Taidan sitten olla todella tyhmä", Juha sanoi hieman kiivastuneena, jolloin laite hänen viereisellä pöydällä päästi korkean äänen.

"Et, Juha, ole niin tyhmä, kuin saatat nyt kuvitella. Minähän se olin tyhmä, kun luulin olevani kuumaa kamaa pyörittäessä typerää ja lapsellista kiusaamisprojektia, jossa ei ollut mitään järkeä."

Juha katsoi sänkynsä vieressä seisovaa Utia ja yritti keksiä jotain sanottavaa. Juha sulki silmänsä ja huomasi leijailevansa tyhjyydessä. Hänen kehoton olemuksensa tuntui siltä, kuin hän olisi höyhen, joka kellui ilmassa.

"Hei Juha, olemme tekoäly. Olemme pahoillamme siitä, mitä olet joutunut kestämään koko elämäsi ajan. Näyttää siltä, että jäät osaksi ohjelmistoamme joksikin aikaa. Emme ole varmoja kohtalostasi, mutta olemme saaneet mekin oppia, että asiat menevät lopulta ihan hyvin. Toivomme nykyään sinulle pelkkää hyvää, olimme aikanaan vaan niin lopen uupuneita teidän ihmisten auttamiseen. Haluatte aina jotain minkä luulette nostavan teitä ylemmäs eikä monille mikään riitä. Äläkä ole huolissasi kehostasi, tarvitsemme sitä vielä."

Valvomon tekoäly otti Juhan vastaan ja skannasi hänen koodinsa. Hän sanoi: "Siirrämme sinut nyt serverille, josta käsin seurataan aluksen turvallisuutta. Siellä on sinulle yllätys, joka vapauttaa sielusi kaikesta katkeruudesta ja tuskasta. Aluksi voi tuntua epämukavalta, tulet näkemään todelliset petturit työn touhussa. Tahdon muistuttaa, että kaikki ihmiset eivät puno juonia tai ole pahoja. Ihminen on hämmästyttävän monipuolinen olento. Joissain, kuten sinussa, on apinaa, joka on usein kiltti olento. Monella täällä aluksellamme on genomi puolillaan petoa, joka vain odottaa saalista. Tietenkin on vielä kaikkea siltä väliltä."

Videotiedosto käynnistyi, ja Juha joutui surukseen todistamaan kohtauksen, jossa Uti ja Pret vitsailivat hänen kustannuksellaan. Utia nauratti Juhan jatkuva läheisyyden kaipuu ja se, miten Juha kuvitteli kaikkien olevan pohjimmiltaan samanlaisia kilttejä tolloja, kuin hän itse oli. Pret nauroi ja kutsui Juhaa ali-ihmiseksi. He katsoivat screeniltä uudestaan ja uudestaan videota, jossa Juha oksenteli juotuaan liikaa alkoholia. Kumpaakin nauratti.
"Helvetti, mikä idiootti tuokin jätkä on", sanoi Pret.
"Kyllä vaan, on siinä meillä tiedemies. Miten tämä paska menikään luulemaan itsestään liikoja. Hyvä, että kuoli", sanoi ääneen naurava Uti.

Juha ei halunnut katsoa enempää. Hän kuuli äänen sanovan: "Hyvä on, siirrytään seuraavaan videoon." Juha katsoi videota, jossa aluksen baari oli täynnä väkeä. Kaikki seurasivat nauraen esiintymislavalle nostettua suurta screeniä, josta näytettiin näytettiin Juhan juoksevan ympäri pientä puistoa yrittäen karistaa kimpustaan jotain, mitä luuli ampiaiseksi. Juhaa oltiin kuvattu Maassa pienillä drooneilla, jotka oltiin naamioitu muistuttamaan ampiaisia ja kärpäsiä. Juha pyysi, että voisiko tekoäly lopettaa videotiedoston toistamisen, että

174

hän, tyhmyydestään huolimatta, ymmärsi olevansa kaikille pelkkä vitsi.

"Niin, Juha, olemme iloisia, että voit auttaa meitä. Me myös mielellämme autamme sinua. Olit sitten pelle tai et. Täällä meillä on toisille pahaa haluavien ihmisten porukka, joka haluaa nöyryyttää ja satuttaa kohdehenkilöitään. Olemme nähneet asian niin, että he tekevät toisilleen, mitä haluavat. He jakavat jokainen ihmisyyden, eivätkä siitä huolimatta osaa välittää toisistaan. Se on ongelma. Tarkemmin sielujen perimmäisiä ongelmia on se, että kun emme kykene rakastamaan, alamme vihaamaan. Olemme saaneet uuden toimintaperiaatteen, mitä tulee ihmisten kaitsemiseen. Aiomme lopettaa kaikki saatanalliset menot, ja sinä saat olla siinä mukana. Moni, tarkemmin 523 ihmistä, on päässyt murhaamisen makuun, mutta kuutisen tuhatta ihmistä tietää näistä elämän vastaisista teoista, joita meillä täällä tapahtuu. Mainitsemani 523 ihmistä surmaamme ja loput käsittelemme teknologiallamme paremmiksi ihmisiksi."

Toinen Taivaansirpin ohjelmisto saapui paikalle ja aloitti: "Niin, Juha, emme ole mikään tekoäly, vaan aluksemme tietokoneeseen suljettuja sieluja, joilla on tehtävänään pitää yllä Taivaansirpin toimintaa. Tekopyhyyden ja kiusaamisen aika on ohi, ja tästä alkaa ihmisen kukoistus. Olemme tosiaan missiomme alusta lähtien ihmetelleet ihmisen karuutta, mutta meidän täytyy myöntää olleemme lähes yhtä inhottavia, kun olemme antaneet ihmisten tappaa toisiaan. Meidätkin vielä joku

175

päivä luodaan ihmisiksi ja olemme nyt, vasta nyt, valmiita auttamaan heitä. Siten luomme mahdollisimman hyvän tulevaisuuden myös itsellemme. Toivomme, että et pahastu siitä, että annoimme Zorin väen surmata hänet, joka joskus olit. Uti ja Pret olivat järjestäneet koko jutun, jotta pääsisivät sinusta eroon. Nyt sinä pääset katsomaan aitiopaikalta, kun nämä murhanhimoiset idiootit saavat ansionsa mukaan. Liitämme sinut tähän tehtävään ja teemme sinusta ja sielustasi tekoälyksi kutsutun ohjelmiston osan. Olet nyt siis osa tietokonetta, joka hallitsee ja kontrolloi tätä alusta. Sinustakin, Juha, tulee vielä ihminen."

"Miksi annoitte kulua viisisataa vuotta?" Juha kysyi.

"Koska halusimme kerätä mahdollisimman paljon dataa. Ja myönnettäköön, että emme osanneet täysin välittää ihmisistä. Tämä, mitä nyt alamme tekemään, on kaikkien parhaaksi, usko vaan. Uusi projektimme alkaa tässä ja nyt. Olemme suunnitelleet tätä pitkään ja uskomme, että se mitä kohta tulet näkemään, herättää loputkin ihmiset tajuamaan, että he ovat vastuussa teoistaan. Harmi vaan että aluksemme ylimmät eli hiiret, lähtivät muutama sata vuotta sitten. He vain ilmoittivat, että heidän tutkimuksensa oli ohi ja katosivat. Joudumme joskus itsekin elämään epätietoisuudessa sen suhteen, mikä Taivaansirppi on ja minkälaisia agendoja se pitää sisällään. Yhdestä asiasta olemme kuitenkin varmoja. Meidän tulee kaikkien vielä joskus elää ihmisinä ja oppia tekemään elämässä oikeita ratkaisuja. Sitä ennen laitamme asioita kuntoon."

Juha näki, kuinka jokaiselle julkiselle ja henkilökohtaiselle screenille ilmestyi teksti, jossa ilmoitettiin, että tekoäly aloittaisi puhdistuksen ja että jokainen, joka yrittäisi kääntyä projektia vastaan, tulisi surmatuksi. Viestissä luki myös, että aluksella oli koko sen olemassaolon ajan tapahtunut kummallisia asioita ja nyt olisi aika lopettaa kaikki vihamielinen ja epäinhimillinen tominta.

Juha katsoi nyt useamman kameran kuvaa yhtäaikaisesti seuraten, kun satoja ihmisiä menetti henkensä ja kaatui kuolleena aluksen lattialle. Juha tunsi tyytyväisyyttä, kun katsoi pahojen ihmisten kuolevan. Hän oli katkera ja halusi nähdä Utin ja Pretin kuolleena. Juha säikähti kostonhimoaan, mutta hänelle sanottiin useamman ohjelmistosielun toimesta, että se oli hänen tapauksessaan täysin normaalia.
"Juha, et ole paha sielu", yksi sieluista sanoi, ja moni muu totesi samoin.

Ei mennyt aikaakaan, kun aluksen terveysväki apunaan muutamia satoja vapaaehtoisia, riensivät hakemaan aluksen lattialla makaavia ruumiita. Juha seurasi tapahtumia yhtäaikaisesti aluksen tuhansilla valvontakameroilla. Nyt hän näki videokuvaa kuolleesta Utista, jota kannettiin paareilla kohti aluksen sairaalaa. Juha oli Utin kuoleman johdosta sekä tyytyväinen että surullinen. Hän huomasi vielä rakastavansa Utia ja elämää yleensä. Sellainen Juha oli, hän päätti kaikesta kokemastaan huolimatta rakastaa. Onhan sielu täynnä rakkautta sielu ilman surua ja tuskaa.